Hans-Manfred Milde

Erzählungen aus Schlesien

Märchen 1

Titelfoto: Hans-Otto Holzapfel
Zeichnungen: hamami
Herstellung und Verlag
BoD – Books on Demand, Norderstedt
ISBN 9783738654516
1. Auflage 2015

Inhalt:

Johannes und Jule

Das Märchen vom Eulenprinz

Der fürstliche Schneider

Der eitle Gockelhahn

Das Märchen vom Engel, der Katze und dem kranken Kind

Das Märchen vom Tränensee

Das Märchen vom König, der ewig regieren wollte

Der misstrauische Ritter

Prinzessin Ilsemild

Der alte Fiedler

Der Fürst und seine sieben Söhne

Der treue Knappe

Rübezahls Zorn

Johannes und Jule.

In der Nähe von Bunzlau lebte einmal ein Tagelöhner, der war sehr arm. An manchen Tagen wusste er nicht, wie er Frau und Kinder satt bekommen sollte. Zu allem Unglück hatte seine einzige Kuh vor einiger Zeit ein männliches Kalb geboren, das niemals Milch geben würde. Da sagte der arme Mann eines Tages zu seinem Sohn:

„Johannes, kumm ock, loass ins ei die Stadt giehn. Mir wulln versucha, den kleenen Stier zu eenem gutten Preis zu verkoofen."

In seinem Kopf kreiste aber ein anderer Plan. Er hoffte, einen Meister zu finden, bei dem Johannes ein Handwerk erlernen könnte. Dann wäre dem Jungen eine gute Zukunft sicher, und im eigenen Haus gäbe es einen Esser weniger.

So machten sich Vater und Sohn auf den Weg in die Stadt.

Der erste Metzger, bei dem sie vorsprachen, bot ihnen einen halben Dukaten für das nicht gerade gut genährte Stierkälbchen. Bevor der Vater mit seinen Überlegungen zu Ende gekommen war, winkte Johannes ab. Für solch kleine Münze wollte er seinen geliebten Spielgefährten nicht hergeben. Das war auch gut.

Am Ring[1] wurde ein ganzer Dukaten geboten. Schnell waren die Männer handelseinig und schlugen ihre Hände ineinander.

Johannes glaubte, der Vater würde nun etwas einkaufen, was nicht in ihrem kleinen Garten wuchs oder im Wald zu finden war. Ein wenig Salz, ein paar Nägel.

Der Vater blieb aber vor der Werkstatt eines Schuhmachers stehen.

„Woas willste denn hier?", fragte Johannes erstaunt. „Mir tragen doch keene Schuhe nich. Keen eenziger vun ins. Barbs[2] loofen ies ooch viel scheener."

Da legte der Vater seinem Sohn die Hand auf die Schulter.

„Weeßte, Johannes, es ies haalt asu. Ich mechte ... der Meester ... nu ja nu, vielleicht tät ar dich uffnehm, ei die Lehre ... und du mechst een richtiges Handwerk erlern. Dann wirste stets geachtet sein und bekummst een bessres Laba[3], als doas meine."

Betroffen blickte Johannes seinen Vater an.

Das karge Leben hatte ihm nie etwas ausgemacht. Auch mal hungrig ins Bett zu gehen nahm er klaglos hin. Die Kuh, die Ziege und die Hühner waren seine liebsten Spielgefährten. Er wollte nicht weg von

---

[1] Der zentrale Platz einer Stadt, in deren Mitte das Rathaus steht, wird in Schlesien Ring genannt
[2] barfüßig
[3] Leben

daheim, doch er hatte auch gelernt, dass ein Sohn seinem Vater zu gehorchen hat. So nickte er nur stumm mit dem Kopf und ging hinter dem Vater her.

Der Schuhmacher betrachtete den schmalen Jungen von oben bis unten, von vorn und von hinten. Unentwegt schüttelte er seinen Kopf. Er fürchtete, dieses dürre Bürschlein niemals satt zu bekommen. Erst als der Vater den soeben erzielten Dukaten aus dem Sack zog und ihn als Lehrgeld anbot, willigte der Meister ein.

Schon nach kurzer Zeit bereute der Schumacher nicht mehr, Johannes in die Lehre genommen zu haben. Der Junge war geschickt und wusste bald, wie geflickte Sohlen am besten hielten. Während er so an alten, schon arg zertretenen Schuhen herum klopfte, nützte Johannes aber auch jede Gelegenheit, dem Meister zuzuschauen, wenn dieser einem reichen Kunden das Maß für ein Paar neue Schuhe nahm. Oder gar für langschäftige Stiefel. Er wusste, erst wenn er diese Kunst beherrscht, würde er ein echter Schuhmacher sein, nicht nur ein einfacher Flickschuster.

Das Einzige, was Johannes nicht gefiel, war die Art, wie ihn der Meister rief: *Hans.* Und aus dem *Hans* machte er manchmal sogar ein *Hänschen.* Niemals rief er ihn bei seinem richtigen Namen.

Einmal hatte Johannes es sogar gewagt, den Meister zu bitten, ihn doch nur mit seinem richtigen Namen anzusprechen, doch verärgern wollte er den Meister nicht. Er fühlte sich vom ersten Tag an wohl in diesem Haus.

Das hatte aber auch noch einen ganz anderen Grund.

Johannes hatte Gefallen an der Tochter des Meisters gefunden; und auch sie, die blonde Jule, suchte seine Nähe. Kaum war die Arbeit in der Werkstatt beendet, hielt sie dem Lehrling die Pantoffeln bereit. Gab es an besonderen Feiertagen einmal Fleisch zu essen, richtete sie es ein, dass Johannes ein fast gleichgroßes Stück bekam wie der Meister. Saßen sie dann am Tisch, setzte sie sich neben ihn, oder sie suchte sich ihren Platz ihm gegenüber, damit sie einander in die Augen blicken konnten. Ging Johannes, müde nach getaner Arbeit, in seine Kammer, begleitete sie ihn bis zur Treppe und wünschte ihm mit ihrer wohlklingenden Stimme eine „Gute Nacht".

Es dauerte eine Weile, bis die Frau des Meisters bemerkte, wie nahe sich die beiden kamen. Als sie eines Tages gar mit ansehen musste, wie beide Hand in Hand zum Brunnen gingen, verlangte sie von ihrem Mann, er solle diesen *Hans* sofort aus dem Haus jagen.

„Insere Tochter hoat woas Besseres verdient als den Suhn vun eenem Tagelöhner", zischelte sie ihrem Mann ins Ohr. Mit Hilfe ihrer Finger zählte sie die Namen der Söhne auf, die ringsum bei anderen Handwerksmeistern aufwuchsen. Sogar die Sprösslinge des Bürgermeisters und des Amtsrichters standen auf ihrer Wunschliste.

Nur ungern wollte der Meister auf seinen fleißigen Gesellen verzichten, das Gezeter seiner Frau war ihm aber bald zuwider.

„Johannes, poass amol uff", sagte er deshalb eines Abends nach getaner Arbeit.

„Es werd Zeit, doass de ei die Welt naus giehst, wie es asu ieblich ies ei inserrem Handwerk. Zeig oallen Leuten, woas de bei mir gelernt hoast und lern noch manches hinzu. Vielleicht werd aus dir eenes Tages dann een richtiger Schuhmacher und nich bluß een kleener Flickschuster."

Der Abschied fiel weder Meister noch Gesellen leicht. Zum Lohn für die gute Arbeit erhielt Johannes neben einem Beutel voll kleiner Münzen auch noch Werkzeug und Lederreste mit. Die Meisterin hantierte in der Küche so laut mit dem Geschirr, als wolle sie die Abschiedsworte übertönen. Das schmerzte Johannes weniger. Dass

aber Jule nicht zu sehen war, trieb ihm Tränen ins Gesicht. Sollte es wirklich so sein, wie es im Sprichwort heißt: *Aus den Augen, aus dem Sinn*?

Da hatte sich Johannes aber sehr getäuscht. Kaum hatte er die letzten Bunzlauer Häuser hinter sich gelassen und den Waldrand erreicht, trat Jule hinter einem Baum hervor und sah ihn mit traurigen Augen an.

„Ich mecht mit dir giehn", sagte sie mit weinerlicher Stimme. „Oalles, woas de ertragen musst uff deinem Weg ei die Fremde, doas will ooch ich ertragen."

Diese Worte rührten Johannes. Er war aber inzwischen so gereift, dass er die Unmöglichkeit dieses Verlangens erkannte. Mit festem Griff zog er *seine* Jule an sich, nahm ihre Hand und drückte sie auf seine Brust.

„Asu fest, wie de meenen Herzschlag verspüren tust, genau su feste versprech ich dir, doass ich zu dir zurück kumm. Wenn de asu lange uff mich warten tust."

Da nahm auch Jule die Hand des geliebten Burschen und drückte sie auf ihre jungfräuliche Brust.

„Genau su feste, wie de meinen Herzschlag verspierst, genau su feste versprech ich dir, uff dich zu warten."

Und während sie sich bei alldem, was sie zueinander sprachen, tief in die Augen sahen, kamen sich ihre Münder immer näher.

So zog Johannes nun als Wanderbursche von Stadt zu Stadt, von einem Meister zum anderen. Wo es Neues zu lernen gab, blieb er länger, an anderen Stellen eine kürzere Zeit. Manchmal ertappte er sich dabei, seine Schritte in die Richtung zu lenken, in der er Jule wusste, die ihm so lange nachgeschaut hatte. Dann aber nannte er sich einen dummen Träumer, drehte auf der Stelle um und lief in eine andere Richtung. Die Meisterin hatte sicherlich schon einen standesgemäßen Ehemann für ihre Tochter gefunden.

An einem wunderschönen Morgen wurde Johannes durch lautes Jammern und Winseln aus dem Schlaf geweckt. Nachdem er sich die Augen gerieben hatte, sah er nicht allzu weit entfernt am Waldrand einen Zwerg herumhüpfen.

„Woas ies denn blußig los, du kleener Kerle", rief Johannes und fragte, ob er helfen könne. Einen Moment stutzte der Wichtelmann, kam dann aber humpelnd nahe heran.

„Seht euch nur das an. Diese Unverschämtheit. Nichts als Disteln. Meine Füße sind voller Stacheln und Dornen oder wie dieses Zeug heißt."

„Nee, weeßte, ich gloobs nich. Wie konnste bluß durch diese Wüstenei barbs loofen[4], doas ies wohl nich grad recht klug von euch."

„Papperlapapp! Dummes Gerede. Ich will heim. Dort drüben, in der Höhle unter dem Felsen steht mein Bett. Und das seit einer Ewigkeit."

„Wenn ihr hier derheeme seid, da müsstet ihrs doch wissen, doass ringsum oalles vuller Disteln ies."

---

[4] barfüssig laufen

„Papperlapapp! Sie hat es heimlich gemacht, in der Nacht, um mich zu ärgern."

„Und wer ies die, die euch ärgern will? Wenn's zu fragen gestattet ies."

Zwischen all den Sprachfetzen war der Zwerg nahe herangekommen und zeigte auf seine blutenden Füße.

„Seht nur, wie sie mich traktiert hat. Diese Hexe. Nur weil ich ab und an mal länger wegbleibe. Eifersüchtig ist sie. Hätte ich sie nur nicht geheiratet."

„Mit eener Hexe seid ihr verheiratet?"

„Verheiratet!" In hohem Bogen spuckte der Zwerg auf das Distelfeld. „Verheiratet – wie man das halt so nennt bei euch Menschen. Bei uns ist das … ach, quatsch nicht so lange herum. Zieh die Stacheln raus. Aber vorsichtig."

Johannes hob den Kleinen auf seinen Schoß und befreite ihn von allen Dornen.

„Warum tragt ihr keene Stiefel nich? Dann könntet ihr unbeschadet durchs Distelfeld loofen."

„Papperlapapp! Mein Leben lang – und das ist schon sehr lange lang – laufe ich barfüßig. Glaubt ihr vielleicht, ich könnte so einfach in die Stadt gehen und einen Schuster fragen, ob er den richtigen Leisten für mich hat?"

Johannes musste dem kleinen Kerl Recht geben. Solch kleine Stiefel herzustellen, dazu bedürfe es schon einer besonderen Kunst.

Aber - warum sollte er es nicht versuchen? Leder und Werkzeug hatte er ja in seinem Wandersack. So nahm er Maß und begann mit der Arbeit. Aufmerksam sah ihm der Zwerg dabei zu, versäumte aber auch nicht, seinen Blick immer wieder einmal über das Distelfeld schweifen zu lassen. Vom Felsen her war manchmal ein höhnisches Gelächter zu hören, dann wieder ein Zetergeschrei.

„Sie traut sich nicht in die Nähe von Menschen", lachte der Zwerg, „sonst wäre sie schon hier und würde mich heim treiben."

Als sich die Abendsonne dem Horizont näherte, waren zwei wunderschöne kleine Stiefel fertig, deren Schäfte bis zu den Knien des Zwergs reichten.

„Nu könnt ihr unbeschadet durchs Distelfeld loofen, wenn ihr den Mut dazu habt."

„Ich, keinen Mut haben? Dass ich nicht lache!"

Der kleine Kobold steckte seine Füße in die Stiefel und stolzierte auf und ab.

„Passt ausgezeichnet. Gute Arbeit, muss ich sagen. Und wie soll ich euch nun entlohnen?"

„Es war mir eine Freude, euch helfen zu können."

„Papperlapapp!" Der Zwerg kramte in seinen Taschen und zog ein kleines Tongefäß hervor. „Das schenke ich euch zum Dank. Viel ist nicht mehr drin, aber die Stiefeln sind ja auch nicht allzu groß."

Voller Neugier nahm Johannes das Töpfchen in die Hand. Vorsichtig versuchte er es zu öffnen, es gelang ihm aber nicht.

„Ach, was seid ihr Menschen einfältig. Glaubt ihr, ein jeder könne einen Zaubertopf so mir nix dir nix aufmachen? Schaut genau zu, wie es gemacht wird."

Der Zwerg nahm das Töpfchen in seine Hände, drehte es blitzschnell nach rechts und nach links, von oben nach unten - Johannes Augen konnten den schnellen Bewegungen gar nicht folgen.

„Lasst's gutt sein, doas ies viel zu kompliziert für mich."

„Papperlapapp! Wer solch schöne Stiefel machen kann, dem gelingt es auch, diese Dose zu öffnen. Schaut genau zu und lasst euch nicht von einfachen Tricks verwirren."

Dieses Mal verzichtete der Zwerg auf alle Drehungen. Er stellte das Töpfchen auf seine rechte Handfläche, tippte mit der Fingerspitze des linken Mittelfingers dreimal auf den Deckel, und schon öffnete sich das Gefäß. Johannes musste sich weit vorbeugen, um den Inhalt zu erkunden. Irgendein Fett schien darin zu sein. Vielleicht konnte man damit den Schuhen einen besonderen Hochglanz geben. Aber der Zwerg hatte längst erraten, welche Gedanken durch den Kopf des Schustergesellen gingen.

„Ihr glaubt wohl, das wäre eine Schuhschmiere, wie ihr sie bei jedem Flickschuster findet. Papperlapapp! Schmiere ist es wohl, aber sie enthält einen Zauber. Jedem Gegenstand verleiht sie eine Kraft, die ihr euch wünscht. Aber seid sparsam. Ich sagte wohl schon, es ist nicht mehr viel drin."

Bevor der Zwerg das Töpfchen an Johannes zurückgab, tauchte er schnell noch einen Finger hinein und verstrich das, was er entnommen hatte, auf seine neuen Stiefel. Dabei murmelte er:

„Sagt ihr meine Meinung, Stiefelchen. Sagt ihr meine Meinung!"

Danach stampfte der Zwerg quer durch das Distelfeld seinem Felsenloch entgegen.

Frohgemut machte sich Johannes wieder auf den Weg. Er sang dabei ein fröhliches Wanderlied und freute sich seines Lebens.

„Halt! Wer da?"

Versteckt hinter den Bäumen, die am Wegesrand standen, hielten Soldaten dem Wanderburschen ihre Gewehre entgegen. Erschrocken blieb Johannes stehen und hob seine Arme.

„Hoabt Gnade mit mir. Ich bin nur een armer Wandergesell, der von hier nach durte loofen tutt."

„Aus welcher Zunft?"

„Wie? Woas? Ach, ihr wullt wissen, woas ich für een Handwerk ausüben tuu. Ich bin bluß een kleener Schuster."

Kaum hatte Johannes diese Worte ausgesprochen, schon bereute er sie. Hätte er, wie es jeder gute Schuhmacher macht, zuerst auf die Schuhe der Menschen geschaut, wäre ihm nicht entgangen, in welch erbärmlichem Zustand diese Soldatenstiefel waren.

Im gleichen Moment trat der Hauptmann der Truppe zwischen den Bäumen hervor.

„Ein Flickschuster ist er? Da kommt er uns gerade recht. Mitnehmen!"

Ehe Johannes weglaufen konnte, packten ihn die Wachposten und führten ihn tief in den Wald hinein. Auf einer Lichtung lagerten wohl mehr als zwanzig Soldaten. Wohin Johannes auch blickte, er sah nur Stiefel, bei denen Zehen oder Fersen viel Frischluft bekamen.

„Schau dich nur um, Flickschuster. Du siehst, es gibt viel zu tun für dich."

„Hoabt ihr denn ieberhaupt asu viel Lader,[5] wies notwendig wär? Da misst ihr wohl zuerscht eene große Kuh schlachten, doamit es für oalle Stiefel reichen tutt."

---

[5] Leder

Der Hauptmann klopfte sich auf die Schenkel vor Lachen.

„Das haben wir. Frisch geschlachtet, frisch gegerbt. Richtige Kommandos zur richtigen Zeit, das ist die Kunst eines guten Offiziers. Da staunst du wohl?"

Schnell wurde die gegerbte Kuhhaut herbeigeschafft. Johannes war sich nicht zu gut, Soldatenstiefel zu flicken, er hatte aber keine Lust, wochenlang bei dieser Truppe zu bleiben. Deshalb bat er den Hauptmann, er möge ihm denjenigen als Gehilfen zur Seite stellen, der dieses Leder so vorzüglich gegerbt hatte.

„Wers Lader asu gutt gerben konn, der lernt ooch, es uff die Schuhe zu nageln."

So geschah es denn auch. Der ausgewählte Soldat war ein guter Lehrling und wusste bald, wie die Flicken richtig zu setzen sind.

Nach zwei Tagen und drei Nächten war es Johannes leid, weiter in diesem Lager zu bleiben. Die üblen Schweißgerüche und derben Soldatenflüche waren ihm längst zuwider. Angestrengt überlegte er, wie er weiterziehen könne, ohne den Hauptmann zu verärgern. Bald fiel ihm eine Ausflucht ein.

Als der Kommandant wieder einmal bei einem Rundgang an seinem Zelt vorbei kam, sprach Johannes ihn an:

„Euer Suldat hoat das Handwerk eenes Flickschusters schnell begriffen. Loasst euch vun ihm Maß nehmen für een paar scheene neue Stiefel. Ihr werdet sahn, woas ar vun mir gelernt hoat."

Über dieses Angebot empörte sich der Hauptmann.

„Ein Offizier braucht besondere Stiefel. Allein bei ihrem Anblick müssen die Soldaten strammstehen. Nur *ihr* könnt so etwas machen. Habt ihr das verstanden?"

„Nun gutt", gab Johannes zurück. „Ich will euch sulche Wunderwerke machen. Aber nur, wenn ihr mir versprecht, doass ich danach frei weiterziehen derf."

Beide drückten ihre Hände aufs Herz und gelobten, ihr Wort zu halten. Schnell nahm Johannes Maß, schnitt das beste Stück Leder aus der Kuhhaut und begann mit der Arbeit. Am Abend des nächsten Tages waren die Stiefel fertig. Bevor Johannes sie dem Besitzer übergab, strich er etwas Zaubersalbe aus dem Tontopf, den ihm der Zwerg geschenkt hatte, auf Schäfte und Absätze und hauchte sie an:

„Kommandiert, als seiet ihr selbst der Offizier!"

Voller Wohlwollen betrachtete der Hauptmann die Stiefel. Sofort steckte er seine Füße hinein und schlug, wie es sich für Soldaten gehört, die Hacken fest gegeneinander. Da brüllten die Schäfte:

„Achtung! Stillgestanden!"

Hurtig sprangen die Soldaten auf, standen aufrecht und steif, wie es bei einem solchen Kommando üblich ist. Selbst erschrocken, über das, was soeben geschehen war, klopfte der Hauptmann nochmals die Absätze gegeneinander, und schon schrien diese den Befehl:

„Antreten!"

Wie aufgescheuchte Hühner rannten die Soldaten durcheinander, bis jeder seinen Platz in der Dreierreihe gefunden hatte. Kaum standen alle in Reih und Glied, versuchte es der stolze Stiefelbesitzer auf andere Art. Er schlug mit dem rechten Absatz gegen den linken, und schon tönte die unbekannte Stimme:

„Augen nach links!"

Schlug er den linken Stiefel gegen den rechten, kam der Befehl:

„Augen rechts."

Immer neue Variationen probierte der Hauptmann aus und fand seine Freude daran. Und während die Soldaten mal nach links, dann wieder nach rechts blickten, mal sich im Kreis drehten oder gar hinlegen mussten, packte Johannes sein Ränzlein und wanderte still und heimlich weiter.

Wie lange er schon gelaufen war, wie weit er sich inzwischen von Bunzlau entfernt hatte, das alles wusste Johannes nicht. Am Abend aber, wenn er sich in Gottes freier Natur zum Schlaf unters große Sternenzelt legte, suchten seine Augen unter den abertausend Himmelslichtern nach dem Hellsten, dem Schönsten, dem Strahlendsten. Seine Gedanken wanderten zurück in die kleine Schusterstube, in der er sein Handwerk erlernt hatte, und seine Lippen flüsterten leise: *„Jule!"*

Eines Tages sah Johannes in der Ferne ein Schloss. Von den Türmen und Türmchen blinkten goldene Kugeln. Bunte Fahnen wehten im Wind. Im Innersten seines Herzens fürchtete er, fürstlichen Gewohnheiten nicht zu entsprechen. Seine geringe Bildung könnte ihn falsche Worte wählen lassen. Dann aber dachte er sich, bin ich schon einmal hier, so will ich mir solch eine Pracht mal aus der Nähe ansehen.

Schüchtern betrat er den großen Schlosspark. So etwas Schönes hatte er noch nie gesehen. Bäume und Sträucher standen wie Soldaten in langen Reihen. Am liebsten hätte Johannes etwa von seiner Zaubersalbe auf die Stämme gestrichen und dazu geflüstert:

„Bewegt euch! Tanzt im Kreis herum!"

Aber ehe er es sich versah, kam ihm eine Gruppe junger Damen entgegen. Schnell huschte Johannes hinter einen Baum, um ja nicht gesehen oder gar angesprochen zu werden. Je näher die Frauen kamen, umso verwunderter betrachtete er deren ausladende Kleider. Alle Röcke waren weit und lang, schliffen sogar auf dem Boden entlang. Welche Schuhe sie trugen, (das hätte ihn am meisten interessiert), konnte er dadurch nicht sehen. Aber etwas fiel ihm sofort auf. Die zierliche Mädchengestalt in der Mitte, die eine kleine Krone trug und von den anderen Damen hofiert wurde, zog ihr linkes Bein immer nach. In seiner Bauernsprache hätte er gesagt, sie humpelt.

Einen kleinen Moment zögerte er. Dann nahm er all seinen Mut zusammen und trat hinter dem Baum hervor.

„Verzeiht mein vielleicht folsches Benehmen", sagte er schnell und beugte sein Knie. „Ich bin nur een einfacher Mann, oaber een Könner in meinem Fach."

Voller Schreck drängten die Damen die junge Prinzessin in ihre Mitte, als müssten sie sie beschützen. Hätte ihnen ihre Bestürzung nicht die Sprache geraubt, sie hätten wohl lauthals um Hilfe geschrien.

„Lasst nur", sagte die sorgsam Beschützte aus der Mitte des Kreises heraus. „Er soll uns sagen, in welchem Fach er ein Meister ist. Vielleicht kann er uns mit seinen Späßen erfreuen."

Noch immer kniend wehrte Johannes ab.

„Oh nein, Verehrte. Zu Späßen bin ich nich uffgelegt. Mir bricht oaber mei Herz, wenn ich sahn muss, wie ihr euren linken Fuß nich richtig uffsetzen kennt. Sicherlich tragt ihr falsche Schuhe. Als een gelernter Schuhmacher, der ich bin, will ich euch gerne behilflich sein und euch Stiefeletten machen, mit denen ihr besser und schneller loofen kennt als alle eure Begleiterinnen."

„Welch ein Frevel!", rief eine der Damen, und eine andere fügte hinzu:

„Welch eine Unverschämtheit! Lasst uns die Wache rufen!"

Das war aber gar nicht nötig. Vom Wachturm her hatte man längst gesehen, was im Schlosspark vor sich ging. Johannes wurde von zwei Soldaten an den Armen gepackt, ins Schloss geführt und in den Kerker gesperrt. Als der König erfuhr, der Fremde habe den verkrüppelten Fuß seiner Tochter angesprochen, ließ er den Schreiber ein Todesurteil ausfertigen und es auch gleich verkünden.

Als die Prinzessin das hörte, humpelte sie, so schnell sie nur konnte, zu ihrem Vater und bat eindringlich, er möge doch Gnade vor Recht ergehen lassen.

„Vielleicht kann dieser Wanderbursche wirklich Schuhe herstellen, die mir ermöglichen, besser zu laufen."

Der König zögerte, denn er wusste, wie verkrüppelt der Fuß seiner Tochter schon von Geburt an war. Weil er sie aber überaus liebte, erfüllte er ihr ihren Wunsch und ließ den frechen Eindringling in den Thronsaal führen.

Überwältigt von all dem Glanz, der ihn umgab, stockte Johannes der Atem. Er musste an sein ärmliches Zuhause denken, an die mit Stroh gedeckte Hütte am Waldesrand, an die Holzstühle um den klobigen Tisch, und auch an die rußige Feuerstelle, über der der kupferne Kessel hing. In all diese wirren Gedanken hinein vernahm er die harschen Worte des Königs:

„Wer meine Tochter beleidigt oder auch nur etwas an ihr bemängelt, wird mit dem Tod bestraft. So steht es in unseren Gesetzen. Merkt euch das. Wenn ihr aber glaubt, ihr könntet für sie ein Schuhwerk herstellen, mit dem sie laufen kann wie jede andere, will ich euch begnadigen. Drei Tage habt ihr Zeit. Gelingt es euch, seid ihr frei. Wenn nicht, werdet ihr im Keller verschmachten."

Johannes verbeugte sich artig, richtete sich aber gleich wieder in voller Größe auf.

„Hoher König. Für mein falsches Benehmen bitt ich um Nachsicht. Ich bin nich gewöhnt, an eenem königlichen Hof zu verkehren. Doch mir brach doas Herz, als ich Eure wunderscheene Tochter so … so … nun ja … sie kann haalt nich richtig loofen nich. Gerne will ich all meine ehrbare Kunst uffwenden, behilflich zu sein. Nur müsst Ihr mir erlauben, nahe an Eure

Tochter heranzutreten. Mit Verlaub … um Schuhe anzufertigen, die es der Prinzessin ermöglichen, zu loofen wie jede andere, dazu muss ich …" – Johannes musste tief schlucken, bevor er weiter sprechen konnte - „dazu muss ich an den nackten Füßen die Maße nehmen."

Die Gouvernante stieß einen lauten Ruf des Erschreckens aus.

Doch die Prinzessin trat mutig nach vorn, raffte ihren weiten Rock und hob ihn hoch. Fast hätte man sogar ihre Knie sehen können. Der rechte Fuß der Königstochter war fein und zierlich, wie er schöner nicht hätte sein können. Der linke aber glich einem Klumpen Lehm. Er sah aus, als habe der Schöpfer vergessen, Ferse und Zehen zu formen.

Johannes ließ sich sein Erstaunen nicht anmerken. Er maß und zeichnete, wie er es bei Jules Vater gelernt hatte. Zum Schluss wagte er es sogar, einen Kuss auf den Klumpfuß zu drücken, drehte sich dabei aber so geschickt zur Seite, dass der König diesen Frevel nicht sehen konnte. Der Prinzessin aber schien es zu gefallen.

„Seid ihr endlich fertig?", fragte der König ungehalten und erhob sich von seinem Thron.

Schnell bedeckte Johannes die Füße der Prinzessin mit dem weiten Rock, erhob sich und beugte sein Knie vor dem König.

„So weit ies oalles gutt, Herr König. Nu bedarf es oaber eener gut gegerbten Haut vun eenem jungfräulichen Reh. Und eenen Raum brauch ich, in dem es hell und warm ies, weil sunstig sich das Leder nicht bearbeiten lassen tut."

Durch diese geschickten Worte vermied es Johannes, wieder in den Kerker zurückgebracht zu werden. Nie hätte er geglaubt, so vornehm reden zu können. Ihm schien, als habe die Pracht des Thronsaals sein höfisches Reden hervorgezaubert.

Als alles, was er gefordert hatte, erfüllt war, machte er sich ans Werk. Am Nachmittag des zweiten Tages war die Arbeit beendet. Sorgsam strich er die Zaubersalbe des Zwergs auf beide Schuhe und hauchte sie an:

„Schwebt! Schwebt wie die Engel!"

Als dem König gemeldet wurde, alles sei zur Anprobe bereit, ordnete er an, seine Tochter möge mit ihren Hofdamen in den Thronsaal kommen. Mit eigenen Augen wollte er sehen, ob dieser Wanderbursche nichts anderes als ein Gaukler sei - oder doch ein guter Schuhmacher.

Wieder kniete Johannes vor der Prinzessin nieder, schnürte die neuen Schuhe bis hoch zu den Waden und hauchte dabei immer wieder:

„Schwebt! Schwebt wie die Engel!"

Kaum hatte er sich, rückwärts gehend, drei Schritte entfernt, stürzte die Gouvernante herbei und versteckte die neuen Schuhe der Prinzessin unter dem langen Rock. Der König sah seine Tochter fragend an. Seine Hand war schon ausgestreckt, hin zur Wache, die bereit stand, den Fremdling zu ergreifen.

Doch während alle herumstanden und darauf warteten, was nun passieren werde, drängte der kranke Fuß wie auf ein geheimes Kommando nach vorn – zögerlich wagte die Prinzessin einen ersten Schritt. Und schon spürte sie, wie leicht es war, zu gehen. Dem ersten Schritt folgten ein zweiter und ein dritter. Mutig geworden lief sie auf ihren Vater zu. Aber was heißt lief? Es sah aus, als werde sie von der Luft getragen! Wie eine Fee schwebte sie, und ehe sich der König versah, ergriff die Tochter seinen Arm und tanzte mit ihm eine Runde nach der anderen, bis er ganz außer Atem war.

Erschöpft ließ er sich auf seinem goldenen Thron nieder. Die Prinzessin aber, glückselig und voller Freude, hätte am liebsten mit Johannes weiter getanzt. Ihre Augen suchten nach ihm, doch im gleichen Augenblick klopfte der Hofmarschall mit seinem Stab dreimal fest auf den Boden. Noch immer schwer atmend hatte sich der König erhoben, und alles Volk wandte sich ihm schweigend zu. Mit einer Handbewegung hieß er den Wanderburschen, hervor zu treten.

„Ihr habt mich glücklich gemacht. In meiner großen Freude und aus Dankbarkeit gäbe ich euch am liebsten meine Tochter zur Gattin."

Dem Mund der Gouvernante entfloh ein erschrockenes: „Ohh!"

Missbilligend warf ihr der König einen bösen Blick zu, worauf sie mit einem tiefen Knicks um Entschuldigung bat.

„Doch ihr wisst", setzte der König seine unterbrochene Rede fort, „es geziemt sich nicht, dass eine Prinzessin ..."

Der König betupfte verlegen mit einem Seidentuch seinen feuchten Mund. „Vielleicht habt ihr schon eine Geliebte, zu der ihr gern heimkehren wollt."

Johannes nickte eifrig und verbeugte sich artig. Während er dem Tanz zugesehen hatte, war in ihm der Wunsch gewachsen, bald auch mit Jule so leicht und unbeschwert tanzen zu können.

„Dann ist es gut so", hörte er den König sagen. „Ich will euch reichlich belohnen. Meiner Tochter habt ihr das normale Laufen geschenkt, und mir die größte Sorge meines Lebens genommen. Diese doppelte Freude verdient auch doppelten Lohn."

Es dauerte nicht lange, da trugen livrierte Diener zwei Lederbeutel herbei, gefüllt mit guten Münzen. Noch ehe Johannes ein Wort des Dankes aussprechen konnte, schwebte die Prinzessin herbei, nahm ihr perlenverziertes Krönchen vom Kopf und drückte es ihm in die Hand.

„Diejenige, die euch zum Manne bekommt, ist würdig, eine Krone zu tragen. Bei eurer Hochzeit soll sie sie tragen und euch daran erinnern, dass ihr zwei Frauen glücklich gemacht habt."

Frohgemut verließ Johannes das Schloss.

Was er als Lohn erhalten hatte, würde für eine eigene Schuhmacherwerkstatt reichen, dazu für ein bescheidenes Leben. Nun wollte er heimkehren und um Jule werben, auch wenn er fürchtete, vielleicht schon zu spät zu kommen.

Kaum hatte er den richtigen Weg gefunden, hielt er inne. Aus dem Tontopf kratzte er die allerletzten Reste zusammen, strich sie auf seine eigenen Schuhe und rief lauthals:

„Schnell heem! Heem, heem, suste nischt ock heem!"[6]

Und schon ging es dahin.

Wie eine lange Fahne wehte der Straßenstaub hinter ihm her. Über die Berge eilte er genau so schnell wie durch weite Täler. Kein Vogel hätte schneller fliegen können.

Bald sah er die ersten Bunzlauer Häuser.

---

[6] Heim, heim. Nichts anderes als nach Hause.

Zuerst kehrte Johannes bei seinen Eltern ein.

Groß war ihr Glück, den Sohn endlich wiederzusehen. Lange lagen sie sich in den Armen. Doch Johannes quälte vor allem die Frage, wie es um Jule stehe. Als er hörte, sie habe noch keinen Ehegemahl, hielt es ihn nicht länger. Schnell übergab er dem Vater einen der königlichen Ledersäckchen als Dank für alles, was seine Eltern für ihn getan hatten.

Dann eilte er in die Stadt.

Der Meister war ebenfalls erfreut, seinen Lehrburschen so gesund wiederzusehen. Das Gesicht der Meisterin hellte sich aber erst auf, als Johannes seinen königlichen Lohn vorzeigte. Kaum hatten der Meister und die Meisterin ihr *„Nun denn, so sei es"* gemurmelt, stürzte Jule in Johannis Arme.

Eine große Hochzeit wurde gefeiert.

Verwundert rieben sich die Leute ihre Augen, als sie auf Jules Kopf eine Perlenkrone sahen.

„Handwerk hat guldenen Boden!", sagten jene, die voller Wohlwollen waren; die Neidischen zischelten dagegen giftige Vermutungen. So sind sie nun einmal, die Menschen, und nichts wird sie so schnell ändern.

Johannes scherte das alles nichts. Stolz und glücklich führte er seine Jule zum Traualtar. In all seiner Freude vergaß er aber nicht, an den Zwerg zu denken, dem er sein großes Glück verdankte.

***

Das Märchen vom Eulenprinz.

Ungefähr dort, wo jetzt die kleine Stadt Namslau liegt, lebte vor langer Zeit einmal ein Fürst, der wollte stets besser sein als alle anderen Fürsten, die rings um ihn herum ihre Schlösser besaßen. Erreichte ihn die Kunde, einer von jenen habe sich eine neue Kutsche aus Kirschbaumholz mit silbernen Beschlägen bauen lassen, gab er den Auftrag, für ihn eine noch größere Kutsche aus Rosenholz zu bauen, mit goldenen Verzierungen. Spannte einer der Herrscher bei einer Spazierfahrt vier Pferde vor, ließ er sechs anspannen. Baute einer einen neuen Turm an sein Schloss, ließ er gleich drei neue Türme anbauen.

Eines Tages berichteten ihm seine Späher, im Schloss eines anderen Regenten lebe jetzt ein weiser Mann, der fähig sei, die Sprache der Tiere zu verstehen, ja sogar zu sprechen. Es würde nicht mehr lange dauern und Rehe, Hirsche, Auerhähne und alles andere Getier, alle würden den Anordnungen des dortigen Regenten Folge leisten.

Da erschrak der eitle Fürst gar sehr. Keinesfalls wollte er dem anderen nachstehen. Nach einer Nacht des Nachdenkens ließ in seinem Reich verkünden:

Der weiseste Mann, der nicht nur die Sprache der Tiere versteht und spricht, sondern auch die Zeichen des Sternenhimmels lesen und erklären kann, soll sich sofort melden.
Für seine Dienste am Fürstenhof wird er reichen Lohn erhalten.

Sofort schwärmten die fürstlichen Boten aus.

Sie klopften an jede Tür, denn auch dem, der einen solch weisen Mann findet, war ein Golddukaten versprochen. So eifrig auch gesucht wurde, im ganzen Land fand sich keiner, der den fürstlichen Wünschen entsprach. Nun wurde auch jeder Fremde, der über die Grenze kam, von den Wachposten befragt, ob er die Sprache der Tiere verstehe.

In einer Mondnacht kam eine alte Frau an die Grenze. Sie trug ein langes blaues Kleid, auf dem unzählige goldene Sterne funkelten.

„He, du!", sprachen die Grenzwächter die Alte an. „Sag' amol: Du hoast asu een komisches Kleed.[7] Bist du vielleicht goar eene weise Frau?"

---

[7] Kleid

Die Frau blieb stehen und antwortete
in einer Sprache, die keiner verstand.

Verunsichert sahen sich die beiden Grenzwächter an.

„Ich globb, die ies richtig. Die red' wie eene Ziege."

„Nee, eher wie een Schafbock", lachte ein anderer.

„Wie een tummes Huhn gackert se!"

Mit allen Tieren, die den Männern bekannt waren, wurden die seltsamen Laute in Verbindung gebracht. Sie wurden sich aber nicht einig.

Da strich die alte Frau mit der linken Hand über ihren Sternenrock, hob ihre rechte in die Höhe und deutete mit ihr hinauf zu den Sternen.

„Nu ja, nu nee", wagte einer zu flüstern. „Ich gloob, die spricht sugoar die Sprache der Sterne."

„Wisst ihr woas? Die bring mer zum Ferschten."[8]

Dann aber wurden sich die Wächter plötzlich uneins, ob dem Fürst ein Weib recht sei, auch wenn es noch so klug wäre. Nach einem weisen Mann sollten sie Ausschau halten, nicht nach einem Weib. Heftig begannen sie darüber zu streiten, bis der Hauptmann seine Stimme erhob und sich mühte, seinen Befehl in der Schriftsprache zu geben:

„Wir wern dieses *Sternenweib* dem Herrn Fürst morgen vorführen."

---

[8] Fürst

Kaum war die Sonne aufgegangen, brachten die Grenzwächter die alte Frau ins Schloss. Als der Fürst diese sonderbare Gestalt vor sich sah, deren Gesicht zur Hälfte von langen schwarzen Zottelhaaren verdeckt war, stieg Zornesröte in seinen Kopf. Noch nie hatte er mit einem Weib verhandelt und wollte es auch jetzt nicht tun. Doch nach langem Zögern stimmte ihn seine Eitelkeit um.

Voller Unmut herrschte er sie an.

„Man sagt, du seiest weise?"

„Ihr seid es nicht, sonst würdet Ihr diese Frage nicht stellen", kam als Antwort von der Frau zurück. Das verärgerte den Fürsten noch mehr. So laut er nur konnte, schrie er sie an: „Wärest du weise, so wüsstest du, eine Handbewegung genügt, und dein Kopf rollt in den Sand."

Die Alte ließ sich nicht beirren.

„Dein Geschrei zeigt, wie recht ich habe. Weise Menschen schreien nicht."

Für einen Moment wusste der Fürst darauf keine Widerrede. Die kluge Sprache, aber auch der Sternenmantel, über den ihre Hände immer wieder hin und her strichen, ließen ihn nachdenklich werden. Mit einem Wink seines Kopfes hieß er die Alte nähertreten.

„Wenn du deinen Kopf retten willst, dann sag mir: Welches ist das weiseste Tier auf dieser Erde?"

Zuerst murmelte die Frau einige unverständliche Worte. Mit ihren Armen strich sie kreuz und quer über den Sternenmantel.

„Dein Dünkel lässt es nicht zu, mit einer klugen Frau zu sprechen. Lieber willst du mit einem Tier reden. Nun gut, ich will es dir trotzdem sagen: Das weiseste Tier auf der Erde ist die Eule."

„Warum die Eule?"

„Sie kommt aus Athen."

Der Fürst stutzte. Er wusste nicht, wo dieses Athen liegt. Danach zu fragen wagte er aber nicht, weil er fürchtete, der gesamte Hofstaat, der bislang aufmerksam der Zwiesprache gelauscht hatte, könnte sich über ihn lustig machen. In seinem Ärger über seine eigene Unwissenheit befahl er der Wache, die Frau sofort aus dem Schloss zu jagen.

Drei Tage und drei Nächte grübelte der Fürst nun darüber nach, wo dieses Athen wohl zu finden sei. Endlich kam ihm die Idee, die Eulen zu befragen, woher sie kämen.

Mit einer fürstlichen Order versprach er jedem, der ihm einen solchen Nachtvogel bringt, einen halben Dukaten. Wie ein Lauffeuer raste diese Botschaft von Haus zu Haus, von Hütte zu Hütte, und bald waren alle Eulen, die es im Fürstentum gab, im Vogelhaus des Schlosses eingesperrt.

Von nun an saß der Fürst jeden Abend in der großen Voliere und versuchte, von den Eulen zu erfahren, wo dieses Athen zu finden sei. Die Vögel aber beäugten ihn nur, mal mit dem rechten Auge, dann mit dem linken. ‚Geduld wird vonnöten sein', dachte sich der Fürst, ‚aber eines Nachts werden sie mir ihr Geheimnis verraten'.

Im Stillen freute er sich schon darauf, aller Welt verkünden zu können, er verstehe es, mit den weisesten aller Tiere zu sprechen. Und weil Eulen Nachttiere sind, würden sie ihm auch bald die Sprache der Sterne erklären.

Während der eitle Fürst seine Nächte im Vogelkäfig verbrachte, kamen schlimme Meldungen ins Schloss.

Die Bauern klagten, eine große Mäuseplage überziehe das Land und bedrohe die Ernte. Die Nager und anderes Ungeziefer fräßen sogar schon das Saatgut fürs kommende Jahr. Der Fürst wollte von all den Klagen nichts hören. Er ließ seine Räte wissen, lange würde es nicht mehr dauern, dann habe er die Sprache der Tiere erlernt und würde den Mäusen und allem anderen Getier befehlen, alles, was den Menschen nützlich ist, in Ruhe zu lassen.

So verging die Zeit und alles Ungeziefer vermehrte sich in hohem Maße. Bald wurde auch im Schloss das Brot knapp. Erst als das Weinen der hungrigen Kinder das nächtliche Lauschen des Fürsten störte, verließ er das Eulengehege.

Eilends ließ er sich berichten, welche Not im Land herrsche und wusste schnell, eine Schuldige zu benennen.

„Das Weib im Sternenkleid ist eine Hexe! Sucht sie, und bringt sie her. Ich will sie brennen sehen. Nach ihrem Tod ist der Mäusespuk vorbei."

Diesem fürstlichen Befehl gehorchten alle gern.

Schon am nächsten Tag wurde die alte Frau aufgegriffen, vor den Thron geführt und der Hexerei angeklagt.

Befragt nach einem letzten Wunsch gab sie zur Antwort:

„Lasst die Eulen frei. Weisheit lässt sich nicht einsperren."

Nach einem alten Gesetz musste jedem Todgeweihten der letzte Wunsch erfüllt werden. Sofort wurden alle Türen der Voliere geöffnet. In einem großen Schwarm flogen die Eulen weit hinaus ins Land, stürzten sich auf Mäuse, Heuschrecken und sonstiges Ungeziefer und stillten ihren Hunger.

Als die Menschen das sahen, jubelten sie laut und forderten vom Fürsten, er möge die weise Frau begnadigen. Der aber war in seiner Eitelkeit beschämt und befahl, die Lunte an den Scheiterhaufen zu legen.

Widerwillig taten die Knechte, was ihnen befohlen wurde – doch als die erste Flamme am Holz leckte, war von der Frau im Sternenmantel nichts mehr zu sehen.

Da jubelten die Menschen und überschütteten ihren Herrscher mit bitterem Spott. Von diesem Tag an nannten sie ihn nur noch den *Eulenfürst*. Doch wo dieses Athen zu finden sei, das erzählten sie ihm nicht.

***

Der fürstliche Schneider.

In einem Tal unterhalb des auf steilem Fels erbauten Fürstensteiner Schlosses liegt das kleine Dorf Polsnitz. Dort lebte einmal in einem kleinen Häuschen ein Schneider. Er war sehr arm. Seine Frau hütete seit vielen Jahren das Bett. So musste der Schneider neben seiner Näherei auch alle Arbeiten im Haus und im Garten selbst machen. Auch für die Erziehung seiner sieben Kinder fühlte er sich allein zuständig.

Während er seine Flicken auf die Hosen nähte oder das schwere Bügeleisen durch die Luft schwang, um die Holzkohlen in Glut zu halten, wanderten seine Augen unablässig und wachsam zwischen dem Krankenbett seiner Frau und dem Tun seiner Kinder hin und her.

Und während er das alles gleichzeitig tat – und das war das Besondere an ihm - tanzten durch seinen Kopf märchenhafte Träume.

So sah er sich manchmal auf seinem Schneidertisch sitzen, einen wunderbaren Samtstoff in den Händen, aus dem er ein neues Gewand zauberte. Die Ärmel verzierte er mit bunten Litzen; die Knöpfe, die er annähte, blinkten wie pures Gold. Manchmal nähte er in seinen Träumen auch an einem zarten Sommerkleid mit engem Mieder und langen Bändern.

Seine Wirklichkeit sah aber ganz anders aus. Die Kunden, die zu ihm kamen, brachten ihm lediglich zerrissene Hosen oder ein Wams, an dem die Ärmel durchgescheuert waren.

Quälte ihn der Unterschied zwischen Traum und Wirklichkeit besonders arg, eilten seine Gedanken hoch zum Schloss, das mit seinen vielen Türmen und Türmchen hoch über dem Dorf stand. Die Sonne spiegelte sich in den Fensterscheiben, als wären sie alle aus funkelnden Diamanten.

„Nu ja, nu nee, es ies halt bluß een schiener Troom![9]", seufzte der Schneider dann immer ganz leise vor sich hin, denn seine Frau und seine Kinder sollten seine Worte besser nicht hören.

Als er wieder einmal träumte, er wäre Schneider am fürstlichen Hof - Brokat und Seide glitten durch seine Hände, dazu Samt und andere edle Stoffe - da stach er sich in den Finger.

„Nu verpucht noch amol. Poss haalt uff, aaler Plootsch.[10] Es ies nich gutt, asu transusig[11] rumzuhänga."

Und während er sich noch selber tadelte, malte er mit dem letzten Stummel seines Bleistifts Entwürfe für Gewänder, die

---

[9] schöner Traum
[10] ungeschickter Mensch
[11] verträumt

so schön waren, dass sie selbst im Schloss Bewunderung gefunden hätten. Seine Träume kannten keine Grenzen. Aber schnell wurde er aus ihnen herausgerissen.

„Vatel, mir han Hunger", riefen die Kinder; oder die Frau flüsterte leise: „Weeßte Moann, ich hoab een kleenes bisserle Durscht."

Wenn der arme Schneider nach getaner Arbeit am Abend auf dem kleinen Bänkchen vor seinem Haus saß und sein Pfeifchen rauchte und dabei über sein Leben nachdachte, war er eigentlich zufrieden mit allem, wie es nun einmal war. Er hatte nie ein anderes Leben gekannt. Wenn seine Träume in ihn drangen, ihm ein leichteres und schöneres Leben vorgaukelten, griff er schnell zur Nadel und setzte Stich neben Stich. Die Flucht in die Arbeit war immer seine letzte Rettung. Jeder Auftrag war ihm recht. So freute er sich schon im Vorhinein über den zu erwartenden Lohn, auch wenn dieser oft nur so gering war, dass man dafür kaum mehr als ein kleines Säckchen Salz kaufen konnte.

Eines Tages betrat ein livrierter Diener die ärmliche Schneiderstube. Mit barschen Worten forderte er, der Schneider solle sofort mit ihm gehen.

„Pack' deine Schneidersachen zusammen und folge mir ins Schloss!"

Der Schneider war sehr überrascht.

Sollten seine Träume jetzt in Erfüllung gehen? Ins Schloss solle er kommen? Für den Fürsten neue Kleider nähen? Und während er nicht wusste, ob jetzt die große Zeit der Freude gekommen war, fiel sein Blick auf seine kranke Frau, die ihn gerade in diesem Moment mit ängstlichen Augen ansah. Aus Furcht vor dem Livrierten hatten sich alle sieben Kinder zu ihr ins Bett geflüchtet und suchten unter ihrer Decke Schutz.

Dieser Anblick erbarmte ihn.

„Furtgiehn sull ich?", jammerte er deshalb. „Oh je, mein Herr, wie sull doas giehn? Ihr satt[12] doch, ich hoab een krankes Weib eim Hause. Und meine sieben Kinder! Die Äppelbäume und die Beerensträucher, die hänga vuller Früchte. Die müssen abgeerntet werden. Hulz braucha mir, baale kummt der Winter. Ihr misst wissen, oalle Arbeiten muss ich alleene[13] machen. Mei Weib ies krank, die Kinder sein noch kleene Gratschliche[14]."

„Im Schloss verlangt man nach dir. Gehst du nicht freiwillig mit, kommen die fürstlichen Ritter und holen dich!"

---

[12] seht
[13] allein
[14] Unbeholfene

So sehr die Kinder auch weinten, so sehr die kranke Frau jammerte, der Bote des Fürsten ließ sich nicht erweichen.

So blieb dem Schneider keine Wahl.

Mit großer Sorgfalt packte er seine Schere ein, sein Maßband, dazu die wenigen Nadeln, die er besaß, kleine und größere. Und eine ganz dicke für die Lederwämser. Damit nichts verloren gehen konnte, wickelte er alles sorgfältig in einige Stoffreste, die zum Flicken von Hosen noch gut zu gebrauchen waren. Sollte der Fürst von ihm ein neues Gewand wünschen, oder die Fürstin ein neues Kleid, so würden sie schon selber für einen guten Stoff sorgen müssen.

Schwierigkeiten bereitete ihm das Bügeleisen. Es war noch heiß von den glühenden Kohlen, die in ihm steckten. Weil er aber ohne sein gewohntes Gerät nicht gehen wollte, schüttete er die restliche Glut in den Herd und mahnte die Kinder, das Feuer nicht ausgehen zu lassen. Noch einmal drückte er alle Kinder an sein Herz, gab der kranken Frau einen Kuss auf die Stirn, dann folgte er dem fürstlichen Boten.

Schon im Schlossgarten war alles so ganz anders, als es sich der Schneider in seinen Träumen vorgestellt hatte. Die Kleider der Bediensteten waren voller Löcher. Mancher Joppe fehlte ein ganzer Ärmel und bei vielen Hosen konnte man an den ungünstigsten Stellen die nackte Haut sehen.

„Ach, meine Träume."

Der Schneider hauchte diese Worte aber nur ganz leise vor sich hin, denn er wollte seine Enttäuschung niemandem kundtun.

Im Zimmer der Torwache musste er lange warten.

Seine Gedanken liefen zurück zu seiner kranken Frau und zu den unmündigen Kindern. Wie würde es ihnen ergehen, wenn er längere Zeit fortbleiben müsste? Würden sie arg Hunger leiden? Würde das Feuer am Herd ausgehen? Was würden die Nachbarn sagen, wenn die Kinder laut weinen? Und seine Kunden? Wenn sie erfahren, er arbeite jetzt im Schloss, würden sie ihm vielleicht keine Arbeit mehr bringen.

Endlich holte ihn ein Bediensteter, dessen Hosenbein genau an der Stelle aufgerissen war, an der es manchmal besonders stark juckt, ab und führte ihn eine Treppe hinauf.

Zum ersten Mal in seinem Leben betrat der Schneider einen Saal, der war so groß, in den hätte man sein ganzes Haus hineinstellen können. Selbst in seinen kühnsten Träumen hatte er so etwas noch nicht gesehen. Verschüchtert blieb er gleich hinter der Tür stehen und schaute sich um.

Die langen Schwerter, die an den Wänden hingen, die Hellebarden, die Ritterrüstungen in den vier Ecken, alles flößte ihm Angst ein. Das Allerschlimmste aber war das Bildnis eines Mannes, dessen Augen kalt und drohend auf ihn herabsahen. Ob es der Fürst war? Er hatte ihn sich ganz anders vorgestellt, gütiger, gnädiger.

„Oh weh, mein scheener Troom", seufzte der Schneider erneut, verstummte aber schnell, denn der Hofmarschall trat in den Raum.

„Folge mir!", befahl er.

Zögerlich folgte der Schneider in einen Nebenraum. Dort stand ein Tisch, der war größer, als daheim seine gesamte Stube. Mindestens zwanzig große Schritte wären notwendig, wollte man einmal um ihn herumlaufen. Oben auf der großen Holzplatte lagen hoch aufgestapelt zerrissene Hosen und Jacken, Hemden und Kleider. Dazu Strümpfe und Gamaschen. Es waren auch einige Kleidungsstücke dabei, für die der arme Dorfschneider keine Bezeichnung wusste.

„Mach' dich sofort an die Arbeit! Erst wenn alles erledigt ist, darfst du wieder gehen. Hast du alles verstanden?"

In der einen Hand das Bündel mit Schere, Nadeln und Bandmaß, in der anderen Hand das schwere Bügeleisen, nickte der Verängstigte kräftig mit dem Kopf.

Dann wagte er aber doch eine Frage zu stellen:

„Hoabt ihr denn keenen Schneider eim Schlosse nich?"

„Unser alter Schneider ist gestorben. Dann kam ein junger, bei dem hielt aber kein Flicken. Was er an einem Tag annähte, war am nächsten Tag schon wieder ab. Er sitzt jetzt im Kerker. Also: Mach' dich an die Arbeit! Und mache sie gut, sonst wirst du dem anderen bald Gesellschaft leisten."

„Ja ja, nee nee, wu sein se nur meine scheenen Träume", hauchte der Schneider noch einmal vor sich hin, dann kletterte er auf den großen Tisch, setzte sich mit gekreuzten Beinen neben den Hosenberg und packte seine Nadeln aus.

Wie viele Wochen er schon im Schloss war, wusste der Schneider vor lauter Arbeit bald nicht mehr. Vom Aufgang der Sonne bis zu deren Untergang führte er die Nadel, setzte Flicken an Flicken und bügelte alles glatt. Zuerst hatte er geglaubt, die Arbeit werde nie ein Ende nehmen – eines Tages aber war der Tisch leer.

Vor lauter Freude tanzte der Schneider auf dem leeren Tisch herum und freute sich dabei auf den Lohn, den er nach der langen, schweren Arbeit zu bekommen hoffte. Und während er noch so herumtanzte, trat der Hofmarschall in den Saal.

„Ich sehe, du hast Freude an deiner Arbeit. Wohl an! So frag ich dich, ob du nicht hier bleiben magst. Hier im Schloss gibt es immer Arbeit für einen, der seine Sache gut zu machen versteht."

„Nu wern se woar, meine Träume!", jauchzten die Gedanken des Schneiders, aber schnell fielen ihm seine Kinder ein und seine kranke Frau.

„Zu gietig seid ihr, Herr. Und ooch der Herr Fürst. Aber bedenkt, sieben kleene Kinder warten uff mich, dazu mein krankes Weib. Ohne mich könn' se nich überleben, wenn se nich oalle goar verhungert sulln."

Noch einmal befragte der Hofmarschall den Schneider, ob er nicht doch im Schloss bleiben wolle. Hier könne er sorgenfrei leben und unter den Mägden sei sicher so manches gesunde Weib, welches ihm gefallen könnte.

„Nu könnta se woahr wern, meine Träume…", sagte er sehr leise, laut dagegen: „Nee, doas gieht nich. Meine Kinder! Meine Frau! Ich muss wieder heem. Der Winter wird hart und streng. Hungrig wern se schun sein und meine Frau, die asu krank ies … ich weeß nich, ich weeß nich -"

„Nun gut", unterbrach ihn der Hofmarschall. „Wenn deine Kinder hungrig sind, dann nimm ihnen, als Lohn für deine gute Arbeit, diesen Kanten vom fürstlichen Brot mit. Er wird sie sättigen und dein krankes Weib gesunden lassen."

Der Hofmarschall zog unter seinem Mantel einen Keil vom fürstlichen Brot hervor und legte ihn auf den Tisch. Enttäuscht blickte der Schneider seinen Lohn an, hatte er doch gehofft, einige schwere Münzen zu bekommen.

„Ies doas oalles fier meine Träume?", huschte ihm über die Lippen. Mehr wusste er nicht zu sagen, es hätte ihn auch keiner mehr gehört.

So packte der Schneider den Brotkeil in ein Tüchlein aus reinstem Brokat, welches er unter den Flicken gefunden hatte. In diesem edlen Stoff waren Silberfäden eingewebt, die würde er daheim einzeln herausziehen und bei den Händlern gegen Esswaren und Arzneien eintauschen. Dennoch war er sehr enttäuscht. Wochenlang hatte er von früh bis in die späte Nacht hart gearbeitet, und dafür nur einen Keil fürstlichen Brotes als Lohn?

„Doas hoste nu fier deine tumme Träumerei!"

Als sich das Tor des Schlosses hinter dem Schneider geschlossen hatte, blies ihm der kalte Wind direkt ins Gesicht. Die Luft roch nach Schnee. Eilig setzte er Fuß vor Fuß, um schnell nach Hause zu kommen.

„Baale wird der Winter übersch Land herfalln und oallen, die keene Vorräte nich ham, eene gruuße Hungersnot eis Haus bringa."

Kaum waren diese Worte ausgesprochen, wehten sie wie eine weiße Fahne aus seinem Mund, und der Wind trug sie davon.

Erschöpft vom schnellen Lauf, blieb der Schneider stehen.

Neben ihm, im Geäst einer Hecke, saß ein Schwarm Vögel. Die Tiere drängten sich eng aneinander, um sich gegenseitig zu wärmen. Dabei schilpten sie laut durcheinander, als bettelten sie ihn an. Dem konnte sich der gutmütige Schneider nicht entziehen. Flugs zog er das Brot aus dem Tüchlein und bröckelte einige dicke Krumen auf den Weg. Sofort stürzten sich die Vögel auf alles, was erreichbar war. Sie saßen und pickten so dicht zu seinen Füßen, dass er Acht geben musste, keines der unscheinbaren Tiere beim Weitergehen zu verletzen.

Als der Schneider endlich sein Haus im Talgrund erblickte, zog ein großes Glücksgefühl in sein Herz. Bald aber wuchs die Sorge, die armen Kinder könnten während seiner langen Abwesenheit sehr gehungert haben, seine kranke Frau gar verstorben sein. So verlängerte er seine Schritte, begann zuletzt gar zu rennen. Je näher er dem Dorf kam, umso deutlicher sah er, wie eine weiße Rauchfahne aus dem Schlot seines Hauses aufstieg.

„Sie leben noch, und das Feuer ies ooch nich ausgegangen nich", frohlockte er.

Endlich stand er vor seinem Haus.

Das Blut pochte ihm bis hinauf in den Hals. Rund herum sah er Holz bis hoch unters Dach gestapelt, das würde für einen ganzen langen Winter reichen.

„Wer mag denn doas blußig gemacht han?"

Seine Furcht wurde so groß, dass er kaum wagte, seine eigene Tür zu öffnen. Was er da aber sah, erstaunte ihn noch mehr. Sein Weib stand am Herd und kochte einen Hirsebrei. Alle sieben Kinder sprangen ihm freudig entgegen.

Nachdem sie gemeinsam vom Hirsebrei gegessen hatten und satt waren, begannen alle zu erzählen. Kaum sei der Vater außer Haus gewesen, berichtete der Älteste, da hätten sie vor Hunger alle Vorräte aufgegessen. Schon am nächsten Tag sei nichts Essbares mehr im Haus gewesen. So seien sie in ihrer Not in den Garten gegangen und hätten Äpfel gepflückt.

„Und Brombeeren!", rief der Jüngste dazwischen.

„Ganz viele Brombeeren!"

„Und Birnen ooch!"

„Mir han doch goar keenen Birnbaum ei inserem Garten nich", wagte der Schneider zu fragen, denn er hatte Angst, seine Kinder könnten die Nachbarn bestohlen haben.

„Weeßte, Vatel, mir ham eim Walde Pilze gesammelt. Gruuße scheene Pilze! Dabei han mir eenen Birnbaum entdeckt."

„Nee, nicht eenen. Zweie!"

„Doas waren mehr als zweie."

„Mir durften ooch Kartuffeln uffsammeln.. „

„… weil se dem Pauern[15] vum Wagen gefallen sein!"

„Und ooch Kartuffeln stoppeln,"

„… und Kornähren uffsammeln!"

„Weizenähren ooch,"

„… die ham mir zum Müller gebracht ,"

„… und der hat uns Mehl dafür gegeben."

„Äppel ham mer ooch verkooft, asu viele seins gewaast."

„Und Birnen ooch!"

„Vergaßt ooch nie die Brombeeren. Weeßte, Vatel, es gab asu viele, die kunnten mir goar nich alle alleen uffessen."

„Und die Pilze ooch!"

Ein heilloses Durcheinander herrschte rund um den Tisch. Jedes Kind wollte dem Vater erzählen, was es eingesammelt hat-

---

[15] Bauer

te. Und sogar verkauft! Einer erzählte voller Stolz:

„Doas Scheenste woar, weeßte Vatel, ich hab tief eim Walde een Huhn gefangen. Doas muss sich verloofen ham. Jetze hockt es eim Schuppen uff eenem Nast[16] vuller Eier. Bald wern frisch ausgeschlüpfte Küken ums Haus loofen."

Der Schneider kam aus dem Staunen nicht mehr heraus. So lebhaft hatte er seine Kinder nicht in Erinnerung. Er wagte kaum, ihre Schilderungen zu unterbrechen. Erst als alle gemeinsam zum Wassereimer liefen, um ihre erhitzten Stimmen zu kühlen, wagte er die Frage:

„Warum habt ihr denn früher ... ich meene, bevor ich eis Schloss musste ... warum habt ihr da nich doas gemacht, woas ihr jetze asu ...?"

„Mir durften doch immer bloßig doas macha, woas du ins uffgetragen hast", antwortete ihm sein Ältester.

„Und mir hast de nie erlaubt, aus em Bette uffzustieh", wagte die Frau zu antworten.

„Ja, das stimmt. Die Muttel musste immer gut zugedeckt eim Bette bleim, und mir Kinder ei der Stube."

Als der Schneider seine Frau und seine Kinder so reden hörte, wurde er ganz still. Er hatte es doch immer nur gut gemeint

---

[16] Nest

mit seiner Frau und den Kindern. Nach allem, was er in der letzten Stunde gehört hatte, sah er aber ein, dass sein gutes Wollen wohl nicht so ganz richtig gewesen ist.

„Nu ja, nu nee, wißt ihr woas: vun heut an sull a jeder tun, woas er kann."

Leise für sich dachte er: Wenn die Selbständigkeit meiner Kinder und die Gesundung meiner Frau der Lohn für meine harte Arbeit im Schloss gewesen sind, bin ich's zufrieden.

Bei dem Gedanken an seinen Lohn zog er endlich sein Bündel hervor und legte den Keil vom fürstlichen Brot auf den Tisch.

„Ies doas ferrschtliches Brot?", riefen die Kinder voller Begeisterung und griffen danach. Jeder wollte sich schnell einen Teil nehmen, doch das Brot war inzwischen hart und schwer geworden. Wem es aber trotzdem gelang, ein paar Brösel abzubrechen, blickte erstaunt in seine Hände. Es glänzte und glitzerte, als wären die Brösel aus purem Gold.

Und das waren sie auch!

Erstaunt blickte der Schneider auf die Hände seiner Kinder.

„Guck amol, nu sein se da, meine Träume!"

Mehr wusste er nicht zu sagen.

Da fiel ihm plötzlich ein, er hatte ja den Vögeln Futter auf den Weg gestreut.

Schnell eilte er zurück, vielleicht würde er den einen oder anderen Brocken noch aufsammeln können.

Als er zu jener Stelle kam, an der er einige Brosamen den Vögeln vorgeworfen hatte, saßen diese noch immer im Gesträuch. Es waren aber keine unscheinbaren grauen Vögel mehr, die ihm da wohlgenährt und satt zuzwitscherten. Alle glänzten in einem goldenen Federkleid. Das fürstliche Brot musste sie verwandelt haben.

„Ma mechts nich glooben nich", rief er laut und glaubte dabei fest daran, allein ihm hätten die Vögel ihr goldenes Federkleid zu verdanken.

„Kaum bin ich een ferschtlicher Schneider, schun gelingts mir ooch, den Vögeln scheene Kleider zu machen."

Und so träumte er auf dem Heimweg den schönsten all seiner Träume: Er, der nunmehr fürstliche Schneider, er habe den Goldammern zu ihrem herrlichen Kleid verholfen.

Frohgemut lief er wieder heim.

Durch seine fleißige Arbeit besaß er nun so viel, was für ein ganzes langes Leben reichen würde. Nun konnten sie glücklich und zufrieden leben. Noch mehr aber freute ihn, dass seine Frau auch ohne das fürstliche Brot wieder gesund geworden war, und seine Kinder selbständig.

„Es ies nich gutt, wenn eener oalles auf seine eigenen Schultern laden tutt. Von nun an will ich keenem mehr vorschreiben, woas er tun oder lassen sull. Een jeder soll sich seine Aufgabe selber suchen."

Mit diesen Worten betrat er sein Haus und freute sich auf die erste Nacht im heimischen Bett.

Ach ja – das muss noch erzählt werden:

An einem der nächsten Tage kam ein Händler aus Breslau am Haus des Schneiders vorbei und fragte nach dem Weg zum Schloss, dort wolle er die schönsten Stoffe zum Kauf anbieten. Da konnte der Schneider nicht widerstehen. Mit kundigen Fingern griff er nach Samt und Seide, suchte die schönsten Stoffe für seine Frau und flüsterte dabei ganz leise:

„Siehste, ich hoab mirs doch gleich geducht. Träume sein keene Schäume nich."

***

Der eitle Gockelhahn.

In einem kleinen Wald in der Nähe der schlesischen Stadt Ohlau lebte einmal ein junger Fuchs, den plagte arger Hunger. Am Vormittag war es ihm zwar gelungen, eine Maus zu fangen, doch gesättigt hatte sie ihn nicht.

So lief er weiter und weiter, steckte seine spitze Nase mal in dieses Loch, mal in jenes. An diesem Tag besaß er jedoch kein großes Jagdglück. Weil das Knurren in seinem Bauch aber immer stärker wurde, wagte er sich näher an einen Bauernhof heran. Auf einer Wiese liefen viele Hühner herum, pickten am frischen Gras, unterhielten sich laut gackernd und waren guter Dinge. Da dachte sich der kleine Fuchs:

„Es sind ihrer so viele, da macht es sicher nichts aus, wenn ich eines von ihnen fresse."

Vorsichtig schlich er sich an eine Henne heran, hinter der eine große Schar kleiner Kücken herlief. Eine Glucke, die ihre Kinder spazieren führt, ist aber besonders wachsam, und so wurde der Anschleicher sehr schnell entdeckt.

Mutig stellte sich die Henne ihm in den Weg.

„Schämst du dich nicht", rief sie ihn an, „mir nach dem Leben zu trachten? Hast du keinen Respekt vor einer Mutter? Was würde die deine dazu sagen, sähe sie, wie du mir das Leben nehmen willst, während ich meine Kinder hüte?"

Damit hatte der junge Fuchs nicht gerechnet. Weil ihn aber der Hunger gar arg plagte, verlegte er sich aufs Betteln.

„Nein, nein, ich weiß, du bist eine gute Mutter. Dich wollte ich nicht fressen. Vielleicht eines oder zwei oder drei deiner Küken; die kämen mir gerade recht."

Hoch aufgereckt und mit den Flügeln schlagend lief die Henne auf den Fuchs zu.

„Das ist ja noch schlimmer. Kleine Kinder willst du fressen? Ich dachte immer, ein Fuchs wäre ein schlaues Tier. Diese kleinen Geschöpfe würden deinen Bauch nicht mal für wenige Minuten beruhigen. Wenn du wartest, bis meine Küken groß sind, kannst du leicht von einem einzigen satt werden."

Der Fuchs hatte mit seinen gespitzten Ohren genau zugehört. Die Henne hat recht, dachte er sich, eine Mutter vor den Augen der Kinder aufzufressen, das gehört sich nun wirklich nicht. Und an so einem kleinen gelben Knäuel ist nicht mehr dran, als an einer Maus. Seine Eltern hatten zwar immer wieder vom ‚*dummen Huhn*' gesprochen, was er aber soeben zu hören bekam, ließ einen anderen Schluss zu. Deshalb wollte er die Glucke um einen Rat fragte.

„Wenn ich weder dich noch deine Kinder fressen soll, was könnte dann meinen Hunger stillen?"

Das Huhn lockte alle Küken unter die ausgebreiteten Flügel, denn es traute dem als schlau verschrienen Fuchs nicht. Ich werde ihm eine Falle stellen, dachte die Henne, damit er uns ein für allemal in Ruhe lässt. Zu ihrer Hühnerfamilie gehörte nämlich ein besonders großer und kräftiger Hahn, der würde mit seinem spitzen Schnabel und den scharfen Krallen an den Füßen dem Fuchs schon klarmachen, dass er hier zu verschwinden hat.

„Siehst du dort hinten an dem kleinen Teich den Hahn? Der wäre etwas für dich. Wenn du den auffrisst, bekommst du drei Wochen lang keinen Hunger mehr."

Der kleine Fuchs dankte für den guten Rat, drehte sich um und trottete davon. In aller Ruhe wollte er über alles, was das Huhn zu ihm gesagt hatte, nochmals nachdenken.

„Wo sie recht hat, hat sie recht", ging es ihm durch den Kopf. „Kleine Kinder fressen ist wohl nicht die feine Art, und den Kindern die Mutter nehmen wohl auch nicht. Der Hahn aber, der läuft nur unnütz herum und frisst sich den Bauch voll. Da ist es doch besser, ich befolge diesen Rat, auch wenn er von einem *dummen Huhn* kommt."

So beschloss der junge Fuchs, sich vorsichtig an den Hahn heranzuschleichen. Als er ihm aber nahe war, sah er den spitzen Schnabel und auch die mächtigen Krallen an seinen Füßen.

„Die dumme Henne will, dass ich mir eine blutige Nase hole. Das werde ich bestimmt nicht tun. Nicht umsonst erzählen sich alle, wie schlau die Füchse sind. Deshalb will ich mir einen besonders schlauen Plan überlegen."

Der stolze Gockel stand am Rand des kleinen Teiches und blickte unverwandt ins Wasser. Manchmal sah es aus, als wolle er trinken, doch immer, wenn sein Schnabel tief unten war, hob er den Kopf wieder hoch und drehte ihn hin und her. Weil der junge Fuchs aber nicht nur hungrig, sondern auch neugierig war, richtete er sich auf und fragte den Hahn:

„Warum trinkst du nicht. Immer senkst du deinen Kopf zum Wasser, doch dann hebst du ihn wieder hoch? Ist das Wasser schlecht?"

Der Hahn drehte sich um, hob seine kräftigen Füße, zuerst den einen, dann den anderen und zeigte seine scharfen Krallen. Dann hob er seinen Kopf mit dem feuerroten Kamm und krähte so laut er nur konnte.

„Das Wasser ist hell und klar, und ich habe auch großen Durst. Aber immer, wenn ich mich hinabbeuge, sehe ich mein Spiegelbild und habe Angst, ich könnte mir beim Trinken mit meinem spitzen Schnabel meine eigenen Augen aushacken. Und außerdem musst du wissen …"

Der Hahn brach ab, plusterte sich, schlug kräftig mit den Flügeln und krähte erneut. Dann drehte er sich wieder dem Fuchs zu und sprach weiter: „… und außerdem bin ich der schönste Hahn weit und breit. Deshalb liebe ich mein Spiegelbild und mag es nicht zerstören."

„Dann kannst du ja niemals trinken."

„Doch, doch", erwiderte der Hahn. „Ich muss nur warten bis der Wind weht. Er lässt kleine Wellen über das Wasser tanzen, die mein Spiegelbild zerstören. Dann kann ich in aller Ruhe meinen Durst stillen."

Das Füchslein lief, um den scharfen Krallen nicht zu nahe zu kommen, um den kleinen Teich herum und rief dem Hahn von der anderen Seite aus zu:

„Heute weht aber kein Wind. Kein Wölkchen steht am blauen Himmel. So musst du wohl argen Durst erleiden. Wenn du willst, werde ich dir behilflich sein. Ich springe ins Wasser und hüpfe darin herum. Die Wellen kommen bis hinüber zu dir, dann kannst du beruhigt trinken."

Noch immer betrachtete der Gockel sein Spiegelbild. Der kräftige Kamm, auf den er besonders stolz war, leuchtete ihm in seiner hellroten Farbe aus dem Wasser entgegen.

„Der Schönste bin ich weit und breit", krähte er wieder mit hoch erhobenem Kopf, senkte ihn aber schnell, um erneut sein Spiegelbild zu betrachten. So ging es eine ganze Weile, doch sein Durst wurde indes immer schlimmer.

So willigte der Hahn schließlich in den Vorschlag des Fuchses ein.

Darauf hatte das schlaue Füchslein nur gewartet. Frohgemut sprang es in den Teich und hüpfte lustig im Wasser umher. Kaum zerstörte die erste Welle das Spiegelbild des eitlen Gockels, beugte sich dieser tief hinab und begann zu trinken. Der Fuchs aber näherte sich mit jedem Hüpfer dem Hahn, bis er schließlich ganz nahe bei ihm war. Als dieser dann erneut seinen Kopf senkte, um den Schnabel mit Wasser zu füllen, genügten ein schneller Sprung und ein fester Biss in den langgestreckten Hals.

Stolz zog der junge Fuchs mit seiner Beute von dannen.

Im Schatten eines Baumes stillte er seinen Hunger, beleckte danach noch seine Pfoten und rollte sich satt und zufrieden zusammen.

Bevor ihn der Schlaf überwältigte, nahm er sich fest vor, nie mehr *Dummes Huhn* zu sagen. Doch den Ausdruck *Eitler Gockel,* den wollte er sich gut merken.

***

Das Märchen vom Engel, der Katze und dem kranken Kind.

Es ist noch gar nicht so lange her, da wurde ein Engel vom Himmel auf die Erde geschickt. Der Erzengel sagte zu ihm:

„Flieg zu einem kranken Kind und hilf ihm. Es liegt im Dunkel und ist sehr allein. Bringe ihm Wärme und Liebe."

„Wie soll ich das Kind finden, wenn ich nicht einmal weiß, in welche Stadt ich fliegen soll?"

„Die Menschen nennen ihre Stadt Waldenburg. Aber merke dir: Für einen Engel sind irdische Namen unwichtig. Fliege einfach los, du wirst das Kind finden."

Weitere Angaben waren nicht notwendig.

Allein der Fingerzeig des Erzengels genügte, die Richtung vorzugeben. Vom Himmel ist es ein Leichtes, jeden einzelnen Menschen auf der Erde zu sehen. Gerät ein Mensch in Not, kann jederzeit ein Engel gesandt werden, das ist etwas ganz Alltägliches. Wären unsere Menschenaugen in der Lage, Engel zu sehen, wir kämen aus dem Staunen nicht mehr heraus, wie viele Engel jeden Tag und jede Nacht um uns sind.

Ungewöhnlich ist nur, dass gerade dieser Engel, von dem hier erzählt wird, sich verirrte. Er war noch nie auf der Erde gewesen. Vielleicht hatte er die Drehung unseres Planeten falsch berechnet, oder war er zu langsam geflogen? Was auch immer geschehen sein mochte – nun wusste der Engel nicht mehr weiter.

Ein Kind in tiefer Dunkelheit sollte er suchen, und jetzt stand er verwirrt und hilflos mitten in einer hell erleuchteten Stadt. Grüne, rote, blaue Lichter blinkten an den Wänden, immer wieder wechselten die Farben. Stinkende Kisten fuhren knatternd hin und her, ihre Augen leuchteten heller als der Mond.

Dem Engel wurde ganz schwindlig. Im Himmel war zwar auch alles glänzend hell, doch das himmlische Leuchten war der Engel gewohnt ... aber hier, dieses Durcheinander der Farben, die manchmal wie Blitze zuckten und die Augen blendeten, das erinnerte ihn an Erzählungen über die Hölle. Für einen Engel gibt es aber keinen schlimmeren Ort als das Revier des Teufels, das lernt jeder schon am ersten Tag. Für den, der dort landet, gibt es keine Rückkehr in den Himmel. Mit erhobenem Finger hatte der Erzengel auch unseren Engel vor der Hölle gewarnt – und nun schien es, als wäre er mitten hinein geflogen.

Am liebsten hätte unser Engel einen Menschen befragt, doch das war für ihn nicht möglich. Die Stimme der Engel kann ein Mensch nicht verstehen, wie er auch das Krächzen einer Krähe nicht versteht.

Nur die Sprache kleiner und kranker Kinder versteht ein Engel. Befragte er aber ein Kind, ob hier die Erde sei oder die Hölle, es wüsste sicher keine richtige Antwort.

So blieb ihm keine andere Wahl, als einen der anderen Engel um Rat zu fragen. Vorsichtig versuchte er dem einen oder anderen ein Zeichen zu geben, aber alle hetzten hinter ihren Schutzbefohlenen her. Endlich sah er einen Engel, der ruhig neben einer Frau stand.

„Hilfst du mir, bitte?", fragte unser Engel ängstlich den anderen.

„Wir sollen auf der Erde nicht miteinander reden. Hast du das vergessen?"

„Ich bin zum ersten Mal hier und soll ein Kind finden, welches im Dunkeln liegt. Hier ist aber alles so bunt und hell. Ich muss mich verflogen haben. Sag' mir ... bin ich gar ... in der Hölle?"

„Wäre ich dann hier?", lächelte der andere Engel. „Merke dir: Je heller bei den Menschen das Licht ist, umso tiefer sind auch die Schatten. Flieg in diese dunkle Straße, dann wirst du das Kind weinen hören."

„Werde ich es auch verstehen?"

Der ältere Engel wandte sich plötzlich ab und umhüllte die Frau, die er zu beschützen hatte, mit seinen Flügeln. Ein Auto näherte sich, bremste und blieb genau vor den Engeln stehen. Der Fahrer blickte nach allen Seiten, konnte aber die Frau, die er suchte, nicht sehen. Erst als das Auto weitergefahren war, zog der Engel seine Flügel zurück und wandte sich wieder dem Neuling zu:

„Was ist dein Auftrag?"

„Liebe soll ich dem Kind bringen."

„Für die Liebe brauchst du keine Sprache."

Verunsichert und noch immer etwas hilflos schwebte unser Engel davon und suchte nach dem dunkelsten Winkel. Es dauerte eine Weile bis er das Haus fand, in dem ein kleines Mädchen weinend im Bett lag.

Um das Kind nicht zu erschrecken, schwebte der Engel ohne sein himmlisches Leuchten in den kleinen Raum. Er wollte nicht erneut einen Fehler machen, deshalb verharrte er still und sah sich erst einmal neugierig um.

Aus den Gedanken des kranken Mädchens konnte der Engel viel herauslesen: Die Mutter arbeitete als Bedienung in einem Lokal, welches bis in die Morgenstunden geöffnet hatte. Kam die Mutter endlich heim, war sie müde und legte sich ins Bett, um auszuschlafen. Nach dem Schlaf ordnete sie den Haushalt, kochte ein Süppchen, machte in Eile noch einen

Einkauf, dann musste sie schon wieder zur Arbeit.

Deshalb war das Kind sehr viel allein.

Zu gern hätte es ein Tier bei sich gehabt, eine Katze oder einen kleinen Hund. Sogar mit einem Meerschweinchen oder gar mit einer kleinen Maus wäre es zufrieden gewesen, der Hausbesitzer hatte aber das Halten von Tieren strikt verboten.

Nun lag das Mädchen krank im Bett und mochte nichts essen. Das Brot kratzte im Hals und auch die Suppe wollte ihm nicht schmecken. Deshalb stieg das Mädchen, sobald die Mutter gegangen war, aus dem Bett, schob den Suppenteller durchs Fenster auf die Straße und legte den Keil Brot daneben. Es dauerte auch nicht lange, da kam eine Katze vorbei, schnupperte ein wenig und schnell war der Teller leer. Als wolle sich die Katze bedanken, ließ sie ein kurzes „Miau" hören, schabte ihr Fell am Fensterrahmen, blickte kurz in den Kellerraum - dann ging sie wieder ihres Weges.

„Wenn ich schun keen Tier bei mir ei der Stube haben darf, su will ich wenigstens, doass die kleene Katze draußa vorm Fanster[17] bei mir bleibt", überlegte das Mädchen und stellte auch am nächsten Tag den Suppenteller vor das Fenster.

---

[17] Fenster

Pünktlich zur gleichen Stunde kam das Kätzchen vorbei, leckte den Teller leer, miaute ein „Dankeschön" zum Fenster herein und trollte wieder davon.

Das Fieber schwächte den Körper des Mädchens aber immer mehr, bald konnte es nicht mehr aufstehen. So stellte die Mutter das Süppchen auf einen Hocker neben das Bett, legte den Löffel daneben und hieß ihre Tochter die Suppe wie jeden Tag brav aufzuessen.

„Mir ist immer so heeß[18], Muttel. Bitte lass das Fanster uff, die frische Luft tutt mer gutt."

„Nee, nee, doas gieht nich", antwortete die Mutter. „Weeßte, die Abgase vun den Autos, die kumma eis Zimmer rei, die sein goarnich gesund für dich."

Aber das kranke Mädchen bettelte weiter, und dicke Tränen rollten dabei aus den Augen. Zögernd erfüllte die Mutter den Kinderwunsch, kippte das Fenster aber nur einen schmalen Spalt.

Zur gewohnten Zeit kam die Katze ans Fenster und schnupperte herum. Ein glückliches Lächeln zog über das vom Fieber erhitzte Gesicht des Mädchens. Schnell setzte es sich auf und begann zu locken:

---

[18] heiß

„Kumm ock rei, kleenes Kitschla[19]! Musst dich nich ferchten nich. Ich bin krank und koann nich uffstiehn. Bitte, kumm haalt rei zu mir und iss meine Suppe uff. Wenn meine Muttel heem kummt und der Teller ies immer noch randvull, do tutt se mit mir schimpfen. Du musst keene Angst nich habm. Hier tutt dir niemand woas zu Leide."

Die Katze schnupperte am Fenster herum, der Duft der warmen Suppe war längst in ihre Nase gedrungen. Würde sie es aber schaffen, durch diesen schmalen Spalt hindurch zu kommen?

„Du musst werklich keene Angst nich habm", lockte das Mädchen weiter. „Die Muttel hat heute sogar Hiehnerfleesch[20] ei die Suppe nei getan, doas werd derr be-

---

[19] kleines Kätzchen
[20] Hühnerfleisch

sunders gutt schmecken. Kumm nur. Weeßte, ich möcht dich asu gerne eenmal streicheln. Und eenen Namen geb ich dir ooch, damit de nich immer nur *Katze* heeßen musst, wie die anderen ooch oalle heeßen tun. Ich geb dir eenen wunderschönen Namen, wenn de zu mir kummst."

Der Duft der Suppe war verlockend - aber jede Katze weiß, wenn schon das Hineinkommen schwierig ist, wird ein Herauskommen vielleicht sogar unmöglich. So trollte die Katze weiter.

Da begann das Mädchen laut zu weinen, rollte sich eng zusammen und zog die Schlafdecke bis über den Kopf. Nur leises Schluchzen war noch zu hören.

Dem Engel wurde ganz bang.

Was sollte er nur tun? Eine solch schwere Aufgabe war ihm noch nie gestellt worden. Allein das Ausbreiten seiner Flügel brachte dem weinenden Kind keinen Trost.

„Wäre ich nur eine Katze", überlegte der Engel und seine Stimme klang wie zarte Glockentöne. Davon angelockt kam die Katze zurück. Wieder steckte sie ihre Nase in den schmalen Fensterspalt und ließ ein leises „Miau" hören. Den Sprung in den dunklen Raum wagte sie aber nicht.

„Komm nur herein, ich will dir helfen", hauchte der Engel und streckte seinen rechten Arm zum Fenster empor. Weil Engel und Tiere einander verstehen, miaute die Katze zurück: „Nur wenn du mir versprichst, dass ich auch wieder herauskomme. Ich habe nämlich drei kleine Katzenkinder zu versorgen, da darf ich nicht zu lange wegbleiben."

Der Engel bewegte ganz leicht seine Flügel, was in seiner Sprache ein *Ja* bedeutete. So steckte die Katze zuerst den Kopf durch den schmalen Fensterspalt, balancierte am Arm des Engels vom Fenster herab und sprang mit einem kleinen Satz auf das Bett. Es sah sich im Raum um, ließ wieder ein leises „Miau" hören und schob die Nase weit nach vorn.

Erfreut setzte sich das Mädchen auf und wischte die Tränen aus dem nassen Gesicht.

„Oh, mein liebes Kitschla, kumm ock und iss. Sunst werd die Suppe noch kaalt."

Mit dem Finger rührte es im Teller herum und fischte dabei ein paar Fleischstücke heraus. Nun wurde die Verlockung für die Katze immer größer. Vorsichtig näherte sie sich dem Hocker. Dann aber ging alles sehr schnell. Die Katze tauchte ihre Schnauze so tief in die Suppe, dass sogar die Schnurhaare nass wurden. Mit großer Freude sah das Mädchen, wie die schnelle Katzenzunge die Flüssigkeit ins Maul schöpfte.

Im Zimmer war es ganz still, nur das Schlappern war zu hören. Bald war der Teller leer. Mit glücklichen Augen sah das

Mädchen dem Kätzchen zu. Zu gern hätte es das Tier gestreichelt, zog aber die Hand zu ungestüm unter der Bettdecke hervor, dass die Katze erschrak und auf die Kommode sprang.

„Ach, bitt scheen, mei Kitschla, bleib ock. Ich hoab noch was besundersch Guttes für dich!"

Vorsichtig öffnete das Mädchen die Hand. Schnell schwebte eine Duftwolke vom Hühnerfleisch über dem Bett. Wieder hob die Katze ihre Nase und ließ ein sehnsuchtsvolles „Miau" hören.

„Du darfst oaber nich oalles auf eenmal fressen", sagte das Mädchen und hielt der Katze ein kleines Fleischstückchen entgegen. Ganz bedächtig kam diese näher, wagte sich auf die weiche Decke und griff mit der Pfote nach der Köstlichkeit. Alle Angst ging verloren. Zum Schluss beleckte die Katze sogar noch die Kinderhand, die so wunderbar nach Hühnerfleisch roch. Dann legte sie sich auf die Brust des fiebernden Kindes und begann zu schnurren.

Der Engel sah das alles mit großem Staunen.

„Das Kätzchen ist ja schlauer als ich. Hat nicht der Erzengel gesagt, *ich* solle dem Kind Liebe und Wärme geben?"

Als habe die Katze die Gedanken des Engels verstanden, hob es den Kopf und miaute ihm zu:

„Ich habe drei kleine Kätzchen im Nest liegen, das habe ich dir ja gesagt. Alle Kinder lieben es, wenn ihre Mutter ganz eng bei ihnen liegt. Deshalb muss ich wieder zurück. Sie werden schon auf mich warten. Hilfst du mir hinaus?"

„Was ich dir versprochen habe", antwortete der Engel, „das will ich auch halten. Aber wird das Kind nicht erwachen, wenn du weggehst?"

„Ich tu das meine, und du tust das deine", sagte die Katze und machte dabei einen großen Katzenbuckel.

„Hilf mir jetzt."

Gehorsam streckte der Engel seinen Arm aus. Gefahrlos konnte die Katze zum Fenster hinaufklettern und zu ihren Kindern zurückkehren.

„Ach, wäre ich nur eine Katze", schluchzte der Engel. Zu gern hätte er sich verwandelt, aber zaubern, das kann ein Engel nicht.

Es dauerte gar nicht lange, da wurde das Kind unruhig und wälzte sich von einer Seite auf die andere. Endlich kam unserem Engel die erlösende Idee.

„Wenn ich mich nicht in eine Katze verwandeln kann, so will ich mich klein machen und zusammenrollen."

Gesagt, getan.

Der Engel legte seine Flügel ganz eng an seinen Körper und zog sich zusammen. Nun war er genau so groß wie eine Katzenmutter. Vorsichtig legte er sich auf die Brust des Mädchens, nur das Schnurren gelang ihm nicht. So begann der Engel leise zu singen und schnell merkte er, dass es für das kranke Kind keinen Unterschied gab zwischen Katzengeschnurre und Engelgesang.

Das Mädchen lag ruhig und schlief fest ein.

Als die Mutter am Morgen von der Arbeit kam, freute sie sich, dass der Teller leer war und ihr Töchterlein friedlich im Bett lag. Weil die Augen der Menschen Engel nicht sehen können, blieb der zusammengerollte Engel unentdeckt. Zuerst ruhte die Mutter ein wenig, machte ein paar Einkäufe, kochte ein neues Süppchen - dann ging sie wieder zu ihrer Arbeit.

Vorher aber schloss sie mit festem Griff das geöffnete Fenster. Der Straßenlärm sollte das schlafende Kind nicht stören. Nun konnte aber der Geruch vom Hühnerfleisch nicht mehr nach außen dringen. Lange grübelte der Engel, der wieder eng zusammengerollt auf der Brust des Mädchens lag, darüber nach, wer nun die Suppe essen sollte? Ihm wollte einfach nichts einfallen. So begann er wieder leise zu singen. Plötzlich spürte er, wie eine Hand über seine Flügel streichelte.

Das Kind öffnete die verschlafenen Augen und begann zu blinzeln, denn der Engel hatte vergessen, sein himmlisches Leuchten auszuschalten.

„Oh, mein Kitschla! Du bist ja weiß wie der Schnee. Ich hab versprochen, dir eenen Namen zu geben. Dei Gesang, der klingt asu scheen, als tät een Engel singa. So will ich dich uff den Namen *Schneeengel* taufen."

Der Engel erschrak.
Fiebrige Kinderaugen sehen ja mehr als gesunde, das hatte er ganz vergessen. Nun war er also erkannt. Weil ein Engel nicht lügen darf, sagte er schnell:
„Ja, mein liebes Kind, ich bin ein Engel. Wenn du mich erkannt hast, musst du mir auch versprechen, deine Suppe zu essen. Wenn der Teller leer ist, siehst du mich in meiner vollen Größe."

Das Mädchen hatte noch nie einen Engel gesehen. So begann es schnell, die Suppe zu essen ... und der Engel erhob sich, breitete beide Flügel weit aus und zeigte sein schönstes himmlisches Leuchten.

„Ach – bist du schön!", strahlte das Kind. „Nimmste mich jetzt mit ei a Himmel nuff?"

„Erst wenn der Teller ganz leer ist, beantworte ich deine Frage."

Schnell löffelte das Mädchen weiter und bald war von der Suppe nichts mehr übrig.

„Nu, woas ies nu? Derf ich mit dir ei a Himmel nei? Hier unten eim Keller ies es so kaalt und ooch so dunkel."

Der Engel schwebte ganz nahe heran und legte beide Arme um das Kind.

„Deine Mutter wäre sehr traurig, müsste sie alleine hier auf der Erde sein. Das willst du doch nicht. Wenn du wieder gesund bist, wird deine Mutter viel Freude an dir haben. Schlafe jetzt wieder ein. Ich wärme dich, dann wird es dir bald besser gehen."

So vergingen drei Tage und vier Nächte.

Die tägliche Suppe und der tiefe Schlaf mit dem singenden Engel auf der Brust ließen das Kind schnell wieder gesund werden.

Nun glaubte unser Engel, er habe seinen Auftrag erfüllt und könne zurück in den Himmel fliegen. Als er aber gerade dabei war, seine Flügel auszubreiten, wurde es plötzlich überaus hell.

Der Erzengel stand in der Tür.

„Du hast deine Aufgabe gut erfüllt", lobte er. „Deshalb will ich dem Kind eine Freude bereiten, die auch dir gefallen wird."

Kaum hatte der Erzengel das ausgesprochen, stürzte die Mutter ins Zimmer und nahm ihre Tochter in den Arm.

„Stell dir vor, woas geschehn ies! Der Wirt, du weeßt schun, bei dem ich arbeiten tu, der will uns in seinem gruußen Haus eene Wohnung vermieten. Du kriegst een scheenes Zimmer mit zwei gruußen Fanstern. Schun ei aller Früh werd die Sunne zu dir reigucken, und ei der Nacht, da kannste die Sterne sahn."

„Und die Engel ooch?"

Die Mutter zögerte.

Eigentlich wollte sie antworten, es gäbe gar keine Engel, das sei alles nur dummes Leutegerede. Als sie aber die glänzenden Augen ihres Kindes sah, überlegte sie es sich anders.

„Natürlich ooch die Engel. Die Engel, die kumm überall hien, ooch ei insere neue Wohnung."

Voller Freude umarmten sich Mutter und Kind und hielten sich aneinander fest.

Nachdem unser Engel das alles gesehen und gehört hatte, blickte er den Erzengel mit strahlenden Augen an, griff nach seiner Hand und gemeinsam schwebten sie zurück in den Himmel.

***

Das Märchen vom Tränensee.

Östlich der Oder lebte einmal ein König, dessen Herz voller Habgier war. Von seinen Untertanen forderte er hohe Abgaben, ebenso harte Frondienste. Beschloss er gar in den Krieg zu ziehen, um sich zu bereichern, mussten alle jungen Männer ihm als Soldaten dienen. Manch einer verlor dabei sein Leben.

So nahm es kein Wunder, dass in diesem Königreich viele Tränen der Trauer vergossen wurden. Allein die Hoffnung blieb, eines Tages werde ein junger Prinz geboren, der mehr der Liebe nachjage, als dem Gold.

Die dreizehn Salutschüsse, welche in alter Tradition die Geburt eines Thronfolgers verkünden, blieben über viele lange Jahre aus. So munkelten die Untertanen, der König sei durch seinen Goldhunger krank, sei des Zeugens unfähig.

Eines Morgens aber ertönten drei Salutschüsse.

Erschreckt sahen sich die Menschen an, die rund ums Schloss wohnten. Schnell liefen sie hinaus auf die Weide, um den alten Schäfer zu befragen.

Weil der Schäfer zu dieser frühen Morgenstunde seine Schafe noch nicht ausgetrieben hatte, fanden ihn die Neugierigen neben seinem Wagen. In einem großen

Wortschwall überschütteten sie den alten Mann mit allen Fragen, die sie schon an die tausend Mal gestellt hatten.

„Habt ihrs gehiert? Drei Schüsse seins gewaast! Woas sull denn doas heeßen?"

„Sein die Schüsse werklich für een Keenigskind?"

„Der Keenig[21] ies doch ewig unterwegs."

„Eenmal ies ar uff der Jagd, een andermal eim Kriege."

„Die Keenigin kann einem schun leid tun."

„Sie hat eenen Mann, und wiederum doch keenen."

So redeten die Leute wirr durcheinander.

Einer flüsterte leise:

„Salber gesahn hoab ich's, wie die Frau Keenigin am Abend stundenlang zum offna Fenster naus geguckt hoat. Sogar dann noch, als der Mond schun viele Stunden vum Himmel runder glotzte. Genaatscht[22] hoat se, die Keenigin. Ich gloob, die verzehrt sich nach ihrem Manne."

„Weil ar, wenn ar schun amol derheeme[23] ies, die Nächte lieber mit seinen Zechkumpanen verbringt."

---

[21] König
[22] Geweint
[23] daheim

„Vielleicht ies doas Kind goar nichte nich vun ihm, sondern vun eenem … woas weeß ich?"

„Weil, sie hon ja nur drei Mal geschussa!"

Allein auf die letzte Frage gab der Schäfer eine Antwort.

„Drei Schüsse seins nur gewaast? Nu ja, nu nee, doas besagt nischt anderes als … es ies keen Junge nich geboren wurn, sundern een Madel."

Über die Geburt eines Mädchens war der König sehr enttäuscht.

Um aller Welt zu zeigen, wie mächtig er trotzdem sei, befahl er, auf dem Kalvarienberg ein neues Schloss zu errichten. Hatte er schon keinen Sohn bekommen, so wollte er seine Macht und Stärke in dieser Form aller Welt deutlich machen.

Als wäre er oben auf dem Berg nicht schon nahe genug an den Himmel herangerückt, nein, dieser König wollte in seiner Großmannssucht noch höher hinaus. So ließ er Türme bauen, dünne und dicke, spitze und breite. Die einen fünf Umdrehungen hoch, andere sieben, acht oder gar zehn. Bald ragten elf spitze Türme in die Höhe, einer länger und spitzer als der andere.

Verwundert rätselten die Menschen darüber, warum der König elf Türme bauen ließ. Viele Antworten wurden gefunden, aber keine konnte befriedigen.

So befragten sie erneut den Schäfer. Drei Nächte Bedenkzeit erbat er sich, dann gab er seine Antwort:

„Die zehn gruußen Türme, doas sein die zehn Finger vum Keenig. Die mechten fier ihn nachem Himmel greifa. Weil, asu ies ar halt amol, am liebsten tät ar den ooch noch in seinen Besitz uffnehmen."

„Doas sein oaber erst zehn Türme", erwiderten die Menschen. „Woas ies mit dem elften? Der Kleene, der Dinne, den ar hoat ganz am Rande vum Schlusse hoat baun gelusst?"[24]

Noch einmal dachte der Schäfer nach.

„Der Kleene, der stieht für die kleene Prinzessin."

„Oaber die wächst doch noch!"

„Nu ja, nu nee, warts halt ab. Ihr werd's schun noch derleben. Wenn sie amol selber Keenigin gewurn ies, dann werd se den kleenen Turm höher mauern loassen, höher als die anderen Türme. Ihr werds noch derleben."

„Und warum werd se doas macha?"

„Weil se zeiga muss, doass se als Frau ooch mächtig ies. Und als Keenigin hoat se haalt ooch die Macht dazu."

„Dann werds ins unter der neien Keenigin noch schlechter ergiehn?"

„Doas weeß ich noch nich."

---

[24] hat bauen lassen

Diesen Satz hatten sie vom alten Schäfer noch nie gehört. Bestürzt blickten die Leute ihn an und flüsterten einander zu:

„Frieher hoat ars aus a Sterna lesen gekunnt. Vielleicht sein seine Oogen[25] schun schlecht, doass ar doas Geglitzer am Nachthimmel nich mehr klar erkennen tutt."

Als habe der Schäfer die geflüsterten Worte gehört, gab er zur Antwort:

„Oaber eenes weeß ich. Aus der Prinzessin werd amoal eene Frau. Und eenes Tages werd ihr, wie jedem Weib, die Macht vun der Liebe begegnen. Genau ei der Stunde, ei der die Liebe in ihr Herz eidringa tutt, wern die Sterne entscheiden, welche Macht ihr Herz erobert. Die Macht der Gewalt? Oder die Macht der Liebe?"

Die Zeit verging.

Die kleine Prinzessin wuchs heran, wurde schöner von Tag zu Tag, von Jahr zu Jahr. Ihre blonden Haare wuchsen länger und länger und glänzten wie pures Gold. Lief die Prinzessin mit offenem Haar über eine Wiese, glaubte man aus der Ferne, ein reifes Kornfeld zu sehen, über welches die Sonne scheint und der Sommerwind weht. Es waren aber nicht nur die Haare, die dem Mägdlein Schönheit verliehen. Aus ihrem Gesicht leuchteten zwei

---

[25] Augen

Augen, die heller strahlten, als nachts die funkelnden Sterne.

Griff die Prinzessin zur Laute, glitten ihre Finger zart über die Saiten und zauberten anmutige Melodien. Begann sie gar mit ihrer lieblichen Stimme zu singen, verstummten sogar die Vögel im Wald, um ihr zu lauschen.

Des Königs Groll über die Geburt einer Tochter minderte das nicht. Wie sollte er mit ihr sein Erbe regeln?

Lange Nächte grübelte er darüber nach.

Nach einer durchzechte Nacht hatte er eine, wie er meinte, gute Idee.

Er unterrichtete das noch zarte Mädchen im Reiten und Fechten. Er drückte ihr die schwere Lanze in den Arm und zeigte ihr den richtigen Stich.

Die Prinzessin war im Gehorsam zu ihrem Vater erzogen. Folgsam tat sie alles, was der Vater von ihr verlangte; und so dauerte es gar nicht lange, bis sie die beste Reiterin im ganzen Königreich war.

In den vom König veranstalteten Turnieren stieß sie bald jeden Ritter aus dem Sattel. Der König sah es zuerst mit Freuden, hegte aber den Verdacht, nicht die Lanze der Prinzessin werfe seine Ritter zu Boden, es seien ihre lang wehenden goldenen Haare, welche die Männer ablenkten und verwirrten. So befahl der König kurzerhand, man möge der Prinzessin – heimlich im Schlaf – die Haare abschneiden.

Als die Prinzessin am nächsten Morgen erwachte und entdeckte, dass ihr Kopf einem Stoppelfeld glich, rannte sie zur Mutter und verbarg den verunstalteten Kopf in ihrem Schoß. Zum ersten Mal seit der Geburt waren sich Mutter und Tochter wieder ganz nah. Die Mutter streichelte den Kopf ihres Kindes, und beide weinten bittere Tränen. Unter Schluchzen flüsterte die Königin ihrer Tochter ins Ohr:

„Es ist schwer, ein Weib zu sein. Weißt du, mein Kind, der König allein bestimmt das Leben. Jagen und Zechen und Kämpfen sind seine Vorlieben."

„Hat er dich nicht geliebt, Mutter?"

„Nicht mich hat der König geliebt. Er buhlte allein um das halbe Vermögen meines Vaters. Ein rauer Geselle ist er. Sein Pferd ist ihm stets näher gewesen, als ich es je war."

„Was ist das für ein Leben, Mutter?"

„Eine Frau wird traurig, wenn der Mann nicht zu ihr kommt. Da hilft es auch nicht, wenn seine Jagd gute Beute erbringt; Überfälle und Kriege goldene Münzen und glitzerndes Geschmeide. In meiner Einsamkeit habe ich weinend in meinem Bett gelegen und auf ihn gewartet, und gewartet und gewartet."

„Dann bist du immer sehr einsam gewesen?"

Die Königin sah sich vorsichtig nach allen Seiten um, damit niemand sie belausche.

„Ja, mein Kind, ich war immer sehr einsam. Aber …", sie zog ihre Tochter ganz nahe heran, „…eines Tages kam ein Pirol auf den Fenstersims meines Zimmers geflogen. Vielleicht hatte die goldene Amsel gehört, dass ich vor Sehnsucht und Trauer geweint. Sie begann zu singen. Sie tirilierte in den höchsten Tönen. Bei ihrem Gesang verwandelten sich meine Tränen in schwarze Perlen. Der Vogel kam nahe heran, nahm die geweinten Perlen in seinen Schnabel und trug sie fort.

Am nächsten Morgen war der Pirol wieder da. Wieder musizierte der Vogel für mich. Nun waren es aber Freudentränen, die aus meinen Augen traten, denn ich war glücklich, dass er wiedergekommen war, mich in meiner Einsamkeit zu erfreuen. Diesmal aber verwandelte er mit seinem Gesang meine Tränen in weiße Perlen. Auch sie trug er fort.

Von da an kam der Pirol jeden Tag zu mir.

Bald blieb er nicht nur auf dem Fenstersims, er wagte sich mit der Zeit immer weiter in mein Zimmer herein. Zuletzt saß er sogar auf der goldenen Stange meines Bettes."

Die Königin seufzte tief und zog den Kopf ihres Kindes ganz nahe an ihr Ohr.

„Dieser Pirol, so glaube ich, ist ein verwunschener Prinz. Nur verwunschene Prinzen besitzen die Macht, Tränen in Perlen zu verwandeln. Versuche, sein Geheimnis zu ergründen. Und erlöse ihn. Er würde dir sicher ein guter Gemahl sein."

„Wie soll ich ihn finden? Woran erkenne ich ihn?"

„An seiner Stimme, mein Kind. Am Gesang des Pirols."

„Ein verwunschener Prinz, sagst du?"

„Das sind die Geheimnisse des Lebens. Eines Tages wirst du ..."

In diesem Moment polterte der König ins Schlafgemach, riss die Prinzessin aus dem Schoß ihrer Mutter und zwang sie aufs Pferd.

Trauer, Kummer und neue Einsamkeit brachen der Königin das Herz.

In der darauffolgenden Nacht war ihr Leben beendet. Doch bevor sie verschied, flüsterte sie ihrer Tochter noch einmal zu:

„Vergiss ihn nicht, den Pirol."

Die Prinzessin wuchs heran.

Es dauerte nicht lange, da ritten die ersten Fürstensöhne hinauf zum Kalvarienberg und warben um die Hand der Schönen. Auch Söhne von reichen Handelsleuten aus dem fernen Böhmerland wagten es, ihre Werbung vorzubringen.

Der König aber trieb seinen Spaß mit ihnen.

Zwanzig seiner geharnischten Ritter ließ er hoch zu Ross durch den Schlosshof reiten, darunter auch seine Tochter. Im forschen Ritt stießen alle mit der schweren Lanze nach einer aufgestellten Strohpuppe und keiner verfehlte das Ziel. Doch dem war noch nicht genug: mit blitzenden Schwertern hieben die Ritter auf die Puppe ein, bis ihre Arme und Beine weit davonflogen, zuletzt sogar der Strohkopf.

„Nu, edler Herr", so verspottete der König jeden Bewerber. „Welchen dieser wackren Ritter wollt ihr zum Weibe? Eene vun diesen edlen Kumpanen ies meine Tochter. Überlegt's Euch gutt. Trefft ihr die falsche Wahl, gehört die Hälfte Eures Vermögens fortan mir."

Als die Werber diese Worte hörten, ritten sie beschämt davon. Keiner wollte es wagen, sein halbes Vermögen zu verlieren. In welchem Harnisch eine Weibsperson steckte, war wirklich nicht zu ergründen.

Eines Tages kam ein Jüngling auf einem herrlichen Schimmel in den Schlosshof geritten. Seine langen blonden Haare leuchteten wie pures Gold. Als die Prinzessin, versteckt hinter einem Vorhang, seine anmutige Gestalt sah, begann ihr Herz zu brennen. Sie konnte sich gar nicht satt sehen an dieser Erscheinung - doch es dauerte gar nicht lange, da befahl der König seine zwanzig Ritter in die Rüstung, darunter auch die Prinzessin. Schnell wurde eine neue Strohpuppe im Hof aufgestellt und das Hauen und Stechen nahm seinen Lauf.

Weil dieser Bewerber der Prinzessin so gut gefiel, überlegte sie bei jedem Anritt, ob sie nicht mit Absicht vorbei stechen solle. Mit dem Schwert ein Luftloch schlagen. Vielleicht gar vom Pferd stürzen. Aber alle Kampfbewegungen waren so oft eingeübt, waren so perfekt, dass ihr kein Fehler gelang.

Nachdem die Strohpuppe völlig zerschlagen am Boden lag und die zwanzig Ritter auf ihren schnaubenden Pferden Aufstellung genommen hatten, rief der König dem Jüngling wieder die gleichen Worte zu:

„Nun, edler Herr; welchen dieser wackren Ritter wollt ihr zum Weibe? Überlegt es Euch wohl. Trefft ihr die falsche Wahl, gehört die Hälfte Eures Vermögens fortan mir."

Der Werber ritt ganz langsam an der Reihe der Geharnischten entlang.

„Wohl an, mein Herr", begann der König zu spotten. „Die Wahl muss schnell getroffen sein. Überlegt es gutt. Noch seid Ihr mir unbekannt. Euer Vermögen kenn ich nich. Trefft ihr die falsche Wahl, so loass ich euch in Ketten legen, bis eure Diener mir bringen, was mir zusteht."

Zu gern hätte die Prinzessin dem Jüngling ein Zeichen gegeben. Sie ließ ihr Pferd kräftig mit dem Kopf schütteln, aber sofort schüttelten alle Pferde ihre Mähne. Ließ sie es mit dem Huf scharren, taten es die anderen Pferde gleich.

Noch einmal ritt der Fremde an der Reihe der Ritter entlang.

Plötzlich verharrte sein Pferd genau vor der Prinzessin. ‚Er hat mich erkannt', frohlockte sie und wollte schon ihren Helm öffnen, da erinnerte sie sich ihres kahlgeschorenen Kopfes und schämte sich. So trabte das Pferd des Fremden weiter zum nächsten Ritter, lief weiter zum nächsten, und wieder zum nächsten, bis hin zum Ende der langen Reihe.

Belustigt sah der König zu und ließ sich zur Erfrischung einen großen Humpen Bier reichen. Als er den Krug leer getrunken hatte und aufblickte, stand der blonde Jüngling, hoch und stolz auf seinem Ross sitzend, direkt vor ihm.

„Herr König", sagte der Fremde, „weitum im Land wird erzählt, Ihr besäßet eine wunderschöne Tochter. Die Leute glauben manche Mär, ich aber glaube sie nicht! Vielleicht habt Ihr einmal eine Tochter gehabt, lieblich und schön. Aber wisst: Wie man aus einem Stier einen Ochsen, aus einem Hengst einen Wallach macht, so habt Ihr die Schönheit und Anmut Eurer Tochter verstümmelt. Aus einem wunderschönen Weib habt Ihr eine Furie gemacht, einen wild um sich schlagenden Krieger."

Der König sprang auf.

Seine Augen wurden größer und größer. Sein Mund stand weit offen, jeder konnte seine gelben Zähne sehen. Bevor er aber auch nur ein Wort hervorbringen konnte, rief ihm der blonde Jüngling zu:

„An Eurem Königshof gibt es kein Weib, um das zu freien es sich lohnt!"

Der Hieb des Fremden in die Flanken seines Pferdes war gewaltig, der Schimmel bäumte auf und stürmte wie ein Blitz zum offenen Schlosstor hinaus. Nur die lang wehenden Blondhaare des Reiters waren noch zu sehen.

„Jagt ihn!", schrie der König. „Macht das Tor zu!",

Die Prinzessin besaß das schnellste Pferd. Sie war die Erste, die hinter dem Davongaloppierenden herjagte.

Bis die anderen Ritter begriffen, was der König von ihnen verlangte, war das Hoftor geschlossen, und ihre Pferde schlugen sich an dem kräftigen Holz blutige Nasen.

So ritt die Prinzessin allein hinter dem Flüchtenden her.

Das Gewicht ihrer Rüstung war aber sehr schwer, ihr Pferd konnte den gestreckten Galopp nicht lange durchhalten. Einen Moment überlegte sie, ob es nicht besser sei, Helm und Panzer abzulegen, sie schämte sich aber ihrer kurz geschorenen Haare. Umkehren wollte sie auf keinen Fall. Die Worte des Fremden rumorten jedoch in ihrem Herzen: *Sie sei kein Weib!*, hatte er gesagt. *Eine kämpfende Furie sei sie, um die zu freien es sich nicht lohne.*

Die Prinzessin hielt ihr Pferd an und rief ihre Enttäuschung laut in den Wald:

„Was hat dieser König nur aus mir gemacht!?" –

Dieser König sagte sie, nicht: *Mein Vater.*

Langsam ließ sie sich aus dem Sattel gleiten und zog den Eisenhelm vom Kopf. Nun konnte sie die Vögel singen hören, das Rauschen der Blätter im Wind, vernahm das leise Plätschern eines Baches. Und während sie stand und lauschte, kam ein leuchtend gelber Vogel herangeflogen, setzte sich nicht weit entfernt von ihr auf einen Ast und begann seinen Gesang.

Voller Verzückung blickte die Prinzessin zu ihm hin. Die schwarzbraunen Flügel lagen leicht auf dem leuchtenden Gelb seines Federkleides und begannen zu schlagen.

„Du bist ein Pirol, das weiß ich von der Mutter", sagte die Prinzessin, bedeckte aber schnell mit beiden Händen ihren Kopf. „Verunstaltet bin ich, ich schäme mich vor dir."

Da geschah das Wunder: Der Vogel begann zu sprechen.

„Leg deinen Panzer ab. Wünsche dir, ein Weib zu sein. Nichts als ein liebendes Weib."

„Hilfst du mir?"

„Nur wer sich selbst befreit, wird wirklich frei sein."

Der Prinzessin gefielen diese Worte.

So stieg sie aus ihrer Rüstung heraus und band das eiserne Kleid auf den Rücken des Pferdes. Dann gab sie dem Tier einen Klaps und wies ihm den Weg zurück ins Schloss.

Drei Tage folgte die Prinzessin dem Vogelgesang immer tiefer in den Wald hinein. Als sie am vierten Morgen vom Schlaf erwachte, drang der Gesang des Pirols lauter und klarer in ihr Ohr als je zuvor. Freudig erregt erhob sie sich vom Waldboden. Mit wachem Blick suchte sie nach dem Vogel und hoffte, ihn auf einem der Bäume zu entdecken.

Da erschrak sie!

Nicht weit von ihr, mitten auf einer Waldlichtung, sah sie einen jungen Mann mit hellem, goldenem Haar. Er war fröhlich und pfiff das Lied des Pirols besser und schöner, als es je einer dieser Vögel vermocht hätte.

„Das ist...", die Prinzessin mochte ihren Augen nicht trauen. „Das ist der, der zuletzt um mich geworben hat!"

Was hatte er dem König mutig ins Gesicht geschleudert:

So wie man aus einem Stier einen Ochsen, aus einem Hengst einen Wallach mache – genau so habe der König seine Tochter verunstaltet. Aus einer jungen, schönen Maid habe er einen Krieger gemacht, einen rauen Gesellen – um so etwas lohne es sich nicht zu freien!

Und während die Prinzessin nachdachte, rief ihr der junge Mann zu:

„Komm herüber zu mir! Ich weiß, dass du hier bist."

Zögerlich trat die Prinzessin aus dem Schutz des Baumes hervor.

„Woher wusstest du ...?"

„Erinnerst du dich an den Pirol - "

Die Prinzessin trat einige Schritte näher, bedeckte aber mit beiden Händen ihren Kopf.

„Schon im Schloss habe ich dich erkannt, edle Prinzessin. Hat mein Pferd nicht lange vor dir verweilt?"

„Und … weshalb erwähltest du mich nicht im Angesicht des Königs?"

„Weil **du** nicht **du** warst. Die Rüstung, die du trugst, war wie ein Käfig für dein Herz. Wer freit schon um ein unfreies Herz? Erst wenn du diesen Eisenkäfig von selber ablegst, aus freiem Entschluss, erst dann kannst du frei sein. Deshalb ritt ich davon und hoffte, du würdest mir folgen."

„Aber mein Haar …" –

„Gräme dich nicht, Prinzessin. Dein Haar wird bald wieder schöner und länger sein als je zuvor."

Da wagte die Prinzessin eine Frage zu stellen, die sie schon lange bewegte.

„Wie konntest du es wagen, im Schloss um meine Hand zu werben? Diese Ehre ist allein den Prinzen vorbehalten, vielleicht noch den Reichsten des Landes. Du aber lebst hier im Wald."

Der Jüngling begann zu lachen.

Mit weit ausgebreiteten Armen stellte er sich vor die Prinzessin.

„Hast du noch immer nicht gemerkt, dass ich der Reichste bin weit und breit? Der Wald, in dem ich wohne, ist schöner als jedes Schloss. Der Himmel, unter dem ich schlafe, ist an Reinheit durch nichts zu ersetzen. Der Gesang der Vögel ist heller und klarer als alle Schalmeien. Das Wasser, das ich trinke, ist reiner als jeglicher Wein. Die Früchte des Waldes von edlem

Geschmack. Wer, sag' mir, ist reicher als ich?"

Als die Prinzessin diese Worte hörte, zog Freude in ihr Herz. Alle vom König anerzogene Härte fiel von ihr ab, und sie lief in die ausgebreiteten Arme des jungen Mannes.

Eines Tages kam ein Mönch an der Einöde vorbei.

Befragt, was es Neues in der Welt gebe, erzählte er, der König liege im Sterben. Das Bier habe seine Leber zerstört, die Gier seine Galle und seine Raffsucht sein Herz. Des Königs letzter Wunsch sei es, so habe er verkünden lassen, er möchte seine Tochter noch einmal sehen.

Als die Prinzessin diese Worte hörte, hielt sie nichts mehr zurück. Der Frieden des Waldes, in dem sie seit vielen Monden lebte, die Schönheit des Gesanges der Vögel, der Glanz der Sonne am Tage und der Sterne des nachts, besonders aber die zärtliche Liebe eines Mannes hatten ihr längst alle Tugenden eines Weibes zurückgegeben. So wollte sie dem sterbenden König den letzten Wunsch erfüllen und ihm alle seine Untaten vergeben.

Der Jüngling pfiff nach dem Pferd, das schnell herbeikam, hob die Prinzessin auf den Rücken des Schimmels und setzte sich hinter sie, damit ihr während des langen Rittes nichts passieren könne.

Im Schloss war alles wie vom Mönch berichtet.

Als der sterbende König seine Tochter erblickte, huschte ein Lächeln über sein Gesicht. Die Prinzessin trat nahe an sein Bett, beugte sich über ihn, um ihm den Vergebungskuss zu geben. Dabei fielen ihre neu gewachsenen goldglänzenden Haare auf das Gesicht des Sterbenden. Das erfüllte den König mit großem Grimm, er wollte wütend aufbegehren ---

So verschied er in tiefem Zorn.

Schon am nächsten Tag wurde die Prinzessin zur neuen Königin ausgerufen. Ein großes Fest wurde gefeiert, jedoch ohne Böllerschüsse und ohne Ritterkampf. In der wunderbaren Stille lauschten die Gäste dem Gesang der Vögel, dem Rauschen des Windes und dem Plätschern des Wassers. Ein Minnesänger trat vor die junge Königin, verneigte sich artig und griff in die Saiten seiner Laute:

Ein Stier bleibe ein Stier,
und ein Weib ein Weib,
ein jeder behalt' seinen eigenen Leib.
Das Böse, das fährt zur Hölle hinab,
nimmt alle Habgier
mit hinunter ins Grab.
Drum lasst uns heut feiern die Königin,

*ihre Lieb' und Güt'
bringt allen Gewinn.*

Vor Freude über den Gesang tropfte der jungen Königin eine Träne aus dem Auge. Da trat der Jüngling vor die Königin, beugte sich zu ihr hinab und küsste die Träne aus ihrem Antlitz

„Jetzt, Königin, bist du frei. Dein Kopf und dein Herz sind ohne Panzer. Nun ist es Zeit für dich, die Freier zu empfangen."

„Du bist es doch, mein Freier ..."

„Noch bin *ich* nicht frei, meine Königin."

„Wie kann ich dir helfen?"

„Nur wer sich selbst befreit, wird wirklich frei sein."

Schnell schwang er sich aufs Pferd und ritt zurück in den Wald.

Tags darauf sandte die Königin einen Boten nach ihm aus.

„Reite drei Tage gen Osten", sagte sie. „Erkunde, ob mitten im Wald ein Jüngling lebt. Findest du ihn, dann bitte ihn, er möge zu mir kommen."

Am Abend des dritten Tages erreichte der Bote eine Lichtung. Mitten darin lag ein kleiner See. Das Wasser glänzte und glitzerte im Mondlicht.

Weil er schon müde war vom langen Ritt, hielt er an. Zu gern hätte er getrunken, denn er war durstig, aber je näher er an das Wasser herantrat, umso dunkler schimmerte es ihm entgegen.

„Schwoarzes Woasser! Noch nie hoab ich een sulch schwoarzes Woasser gesahn", redete er laut vor sich hin, als wolle er damit seine eigene Angst vertreiben.

Da trat der blonde Jüngling hinter einem Baum hervor.

„Halt! Trinken darfst du davon nicht."

Erschreckt klammerte sich der Reiter an sein Pferd, wagte aber zu erwidern.

„Oaber – ich hoab eenen schrecklicher Durscht, Herr. Und mei Faard[26] ooch."

„Was du hier siehst, ist kein Wasser. Es sind die Tränen der Königinmutter, die sie geweint in unendlichen Nächten ihrer Einsamkeit. Und auch die Tränen der jungen Königin sind es, die ich gesammelt habe, nachdem ihr der grausame Vater die goldenen Haare stutzen ließ. Und auch die Tränen des Volkes, welches dieser König barbarisch regierte, sind mit dabei. Zu Perlen habe ich sie alle verwandelt. Tränen der Trauer in schwarze Perlen. Tränen der Freude in weiße."

„Es sein oaber blußig wenige weiße Perlen eim See."

„Du hast den alten König gut gekannt, seine Gier nach Reichtum und Macht. Mit Frondiensten und Abgaben hat er sein Volk gequält, ihnen die Söhne für seine Kriege genommen. Doch schlimmer als al-

---

[26] Pferd

le Habsucht war das Böse, das tief in ihm steckte. Nicht nur seine Gemahlin, auch seine Tochter hat er gequält. Wie sollten sie Tränen der Freude weinen? Reite zurück zur Königin. Erzähle, was du gesehen hast, die vielen schwarzen Perlen und die wenigen weißen. An ihr wird es liegen, welche Tränen von nun an in ihrem Reich geweint werden. Erst wenn die Tränen, die ihr aus Freude weint, die Tränen der Trauer übertreffen, werde ich zu ihr kommen."

Obwohl es schon dunkel wurde, ritt der Bote ohne Pause zurück und berichtete seiner Herrin von allem, was er gesehen und gehört. Sie entlohnte ihn reichlich, befahl ihm aber zu schweigen über alles, was er wusste.

Vor der nächsten Nacht bat die junge Königin den alten Mann zu sich, der ihrem Vater immer aus den Sternen die Zukunft gelesen hatte. Insgeheim aber hoffte sie von dem weisen Mann zu erfahren, ob und wann der blonde Jüngling wieder zu ihr kommen werde. Nie wolle sie einen anderen Mann freien, als den, der wie ein Pirol zu singen wusste.

Drei Nächte verbrachte der Alte hoch oben auf dem Turm und betrachtete den Nachthimmel. Als die junge Königin ihn danach besuchte, zeigte er mit weit ausgestrecktem Arm nach Norden und mühte sich, vor der Königin nach der Schrift zu reden.

„In der Richtung von dem Stern dort, der so bläulich glitzert, wohnt ein König, der seinen Sohn verstoßen hat. Der obersten Hexe seines Landes gab er den Befehl, ihn in einen Vogel zu verwandeln. Die aale Hexe verwandelte den Prinz in einen Pirol und verbannte ihn an den Rand eines ausgetrockneten Tümpels mitten im tiefen Wald. Dort muss er nun Tränen sammeln und in Perlen verwandeln. Tränen, die aus Freude geweint werden, in weiße Perlen; Tränen der Trauer in schwarze."

Die Königin erhob sich.

„Täuscht du dich nicht? Im Wald lebt ein Jüngling mit langen, goldenen Haaren."

Ohne sich stören zu lassen, sprach der Alte weiter.

„Der Prinz darf, so hat es die Hexe erlaubt, an besonderen Tagen in seine Menschengestalt zurückkehren."

„Sag mir: Wann wird er wieder frei sein vom Fluch seines Vaters?"

„Wenn die Anzahl der weißen Perlen die der schwarzen übertrifft, erst dann wird er frei sein."

Kaum hatte der Schäfer diese Worte ausgesprochen, stieg die Sonne über den Horizont und löschte die nächtliche Schrift.

Das, was der Bote berichtet hatte und das, was der Alte geweissagt, war einander gleich. So musste es wahr sein. Nur wenn sie Gutes tut, wird ihr Geliebter frei.

Noch am gleichen Tag befahl die Königin die zehn hohen Türme des Schlosses abzureißen. Die Steine schenkte sie den Bauern zum Bau fester Häuser. Nur der kleine, zarte, für sie erbaute Turm am Rand des Schlosses wurde verbreitert und erhöht – wie es vor langer Zeit der Schäfer den Menschen angekündigt hatte. Die Furcht der Menschen, ihre Königin wolle damit ihre Macht beweisen, war jedoch unnötig.

Nachdem dieser bislang so winzige Turm hoch und groß und stark genug war, lud die Königin alle Bewohner ihres Reiches ein, ihn zu besteigen. Alle sollten von hoch oben die Schönheit des Landes bewundern, dazu auch die Pracht des Himmels. Vom Gold ihres Vaters kaufte sie den durchziehenden Händlern viele Waren ab und verteilte sie an die Armen. Steuern und Abgaben wurden nicht mehr erhoben. Viele ihrer Ratgeber fragten besorgt, warum sie das tue – erhielten aber von der Königin immer die gleiche Antwort:

„Mein Volk soll viele Freudentränen weinen."

So vergingen einige Jahre.

Der Wunsch der Königin nach einem Kind war inzwischen so groß, dass sie erwog, heimlich zum See zu reiten. Mit eigenen Augen wollte sie sehen, wie lange es noch dauern werde, bis die weißen Perlen überwiegen. Aber jedes Mal, wenn dieser Gedanke durch ihren Kopf zog, und sie sich vornahm: ‚Morgen reite ich!', mahnte der Weise zur Geduld.

„Erst wenn er seine Aufgabe erledig hat, wird er kommen und um Euch freien."

„Kann ich ihm nicht auf irgendeine Art helfen?"

„Nur wer sich selber befreit, wird wirklich frei sein."

Und so war es auch:

Eines Tages ritt der vom Fluch seines Vaters befreite Prinz auf seinem Schimmel durchs Tor. Die Königin hatte ihn vom Turm aus kommen sehen und eilte ihm freudig entgegen.

Das Hochzeitsfest währte viele Tage.

Es dauerte auch gar nicht lange, bis die Königin Leben in ihrem Leib verspürte. Ein Sohn wurde geboren. Salutschüsse blieben aber aus. Dagegen kamen von nah und fern Kinder ins Schloss und sangen dem Neugeborenen ihre Lieder.

So regierte fortan im ganzen Königreich ein von Liebe geprägter Geist. Von weither strömten Menschen herbei, um unter dieser gütigen Herrschaft zu leben.

Und sollte es jemand danach gelüsten, auch in diesem friedlichen Land leben zu wollen, muss er den Erzähler nach dem Weg fragen. Nur dieser weiß, wo ein solches Land zu finden ist. Und er verrät es auch:

Es liegt … im Märchen.

***

**Das Märchen vom König,
der ewig regieren wollte.**

Jedes Jahr, in der Vorweihnachtszeit, kam ein Märchenerzähler in die Stadt Breslau. An seiner Kleidung war zu erkennen, dass er von weither kam. Seine wohlklingende, sanfte Stimme besaß einen fremdländischen Klang. Ob Geschichte oder Märchen, alles erhielt durch sie einen besonderen geheimnisvollen Zauber.

In jenem Jahr war es in Breslau besonders kalt. Über die schon teilweise zugefrorene Oder blies ein eisiger Ostwind in die Stadt. Deshalb verkündete der Märchenerzähler, er werde den Lauschenden eine Geschichte aus einem der wärmsten Länder der Erde erzählen.

Und so begann er:

„Es war einmal ein König, der lebte an der Küste eines großen, warmen Meeres. Über seinem Reich schien jeden Tag eine kraftvolle Sonne und nachts funkelte der Himmel wie ein riesiges Diadem. Die Gärten blühten und trugen viele Früchte. Vor der Küste zogen die Fische in großen Schwärmen vorbei und füllten die Netze. Alle, die als Gäste von weit her kamen, lobten dieses schöne Land und schwärmten, im Paradies könne es nicht schöner sein.

Nun war der König aber schon sehr alt.

Sein Haar war weiß, seine Hand konnte das Schwert nicht mehr kraftvoll führen. Trotzdem weigerte er sich, einem seiner drei Söhne die Krone zu übergeben. Selbst Ratgeber duldete er an seinem Hof nicht. Allein seine Meinung war das Maß aller Dinge. Besonders zu seinen eigenen Söhnen war er überaus streng. Auch ihre, stets gutgemeinten Ratschläge, lehnte er ab. Besonders schlimm stand es für seinen Erstgeborenen. Dieser hatte es einmal gewagt, den Vater in einem Reiterturnier zu besiegen und sogar vom Pferd zu stoßen. Diese Blamage verzieh ihm der Vater nicht. Nie und nimmer wollte er deshalb dem Ältesten das Königreich überlassen, obwohl dies nach alter Sitte Brauch war.

‚Der Herrgott wird meine Nachfolge regeln', redete er sich ein, denn er glaubte, nur er könne richtig regieren. Käme einer seiner Söhne an die Macht, bräche Chaos aus. Das ganze Königreich würde auseinanderfallen.

Bis zum letzten Tag seines Lebens wollte er deshalb das Zepter behalten und hoffte, der Tod würde ihn auf lange Zeit vergessen.

So vergingen einige Jahre.

Die Söhne hatten inzwischen das Mannesalter erreicht und klopften mit ihren Schwertern gewaltig gegen ihre Schilde.

Wenn der König das hörte, fürchtete er, sie könnten kommen, ihre Rechte einzufordern. Nachts saß er aufrecht im Bett und grübelte, suchte nach einem Plan, seine Söhne von der Macht fernzuhalten.

Eines Morgens befahl er seine drei Söhne vor den Thron.
Dem Ältesten erteilte er den Befehl, über das Meer zu segeln, ein neues Land zu entdecken, um es für das Königreich in Besitz zu nehmen. Zum Zeichen des Sieges sollte er die Krone des dortigen Herrschers vorzeigen. Dazu den gesamten Hofschatz.
Dem zweiten Sohn wurde befohlen, den gefürchteten Seeräuber, der schon manches Handelsschiff gekapert habe, zu töten und dessen schöne Tochter als Sklavin an den königlichen Hof zu bringen.
Bei beiden Aufgaben hoffte der König, die Söhne würden nie und nimmer zurückkehren.

Dem Dritten stellte der König eine leichte Aufgabe. Als Jüngster würde der so schnell keinen Anspruch auf den Thron erheben.
„Deinem Vater gelüstet, einen neuen Wein zu probieren", sagte der König zu ihm. „Drei Tagesritte von hier liegt gen Norden ein großer Berg. Er ist voller Gestein und Dornengewächs. Mache ihn

fruchtbar und bepflanze ihn mit guten Rebstöcken. In drei Jahren will ich den Wein kosten."

Die Söhne, stets im Gehorsam zu ihrem Vater erzogen, machten sich auf die befohlenen Wege. Vom hohen Schlossturm blickte der König den Schiffen der zwei älteren Brüder nach und wünschte ihnen stürmischen Wind.

Kaum waren die Söhne weg, lud der König seine engsten Kumpane zu einem großen Gelage. Bis tief in die Nacht hinein wurde gesungen und gezecht und dabei ein ganzer Hirsch verzehrt. Erst als der Morgen graute, machte sich der König auf den Weg in sein Schlafgemach. Weil er aber zuviel getrunken hatte, stürzte er die steinerne Treppe hinunter, brach sich mehrere Knochen und musste von den Dienern mühsam ins Bett geschleppt werden.

In der nächsten Nacht befiehl den König ein starkes Fieber. Er begann zu schwitzen und laut zu fantasieren.

In seinem Wahn erschien eine grüne Gestalt neben seinem Bett. Sie war kaum größer als ein Schaftstiefel. Tausend kleine Glöckchen hingen in ihren Kleidern und machten bei jeder Bewegung einen furchterregenden Lärm. Bald stand der Gnom rechts neben des Königs Bett, bald links, mal oben am Kopf, dann unten an den Füßen. Zu allem Schrecken wechselte er im Herumhüpfen seine Farbe. Sie sprangen von grün auf rot, von blau auf gelb und je schneller er tanzte, umso schneller glitzerte und flimmerte es.

Der König, der bewegungslos in seinem Bett lag, konnte nur mit seinen Augen den schnellen Bewegungen des Zwerges folgen.

Unwirsch stieß er hervor:

„Wer bist du? Was willst du von mir?"

Das Männlein tanzte weiter um ihn herum, sprang dann sogar auf die Brust des Königs und begann zu singen:

„Wille, wulle, Höckerschwan,
der König lebt voll Größenwahn
im schönsten Reich am Meeresstrand,
kein Edleres wurde je bekannt.

Wille, wulle, Katzenfressen,
der König ist so Machtversessen,
die eignen Söhne sind ihm fremd,
dem Herzen nah ist nur sein Hemd.

Wille, wulle, Runkelrüben,
der König will die Macht ausüben.
Die Söhne trieb er übers Meer
will Herrscher bleiben, sein Begehr."

In seiner aufsteigenden Wut hätte der König zu gern nach seinem Schwert gegriffen, er konnte aber keine Hand bewegen.

„Potzteufel!", schrie er den jetzt wieder grün leuchtenden Zwerg an. „Sag endlich, wer du bist."

„Plag ich dich? Dann weißt du, wer ich bin."

„Mein Plagegeist?" Der König versuchte zu lachen. „Was soll mich schon plagen?"

„Die Angst plagt dich. Du fürchtest, deine Söhne könnten dir die Krone nehmen. Deshalb hast du sie verjagt. Was ist aber, wenn sie nicht wiederkommen? Du liegst hier machtlos herum, weißt nicht, was geschieht. Deine Hofschranzen werden sich zu bedienen wissen."

„Keiner wird es wagen. Alle fürchten mich."

Der Gnom lachte laut auf und begann erneut auf der Brust des Königs herumzutanzen.

„Dich fürchten? In deiner Lächerlichkeit, wie du so hier herumliegst, fürchtet dich keiner mehr. Nicht mal der Griff nach deinem Schwert gelingt dir noch. Hörst du nicht, wie sie schon über dich spotten? Bewegungslos bist du, hilflos. Hast keinen Erben zur Seite, der dir helfen könnte."

So plötzlich wie der Gnom erschienen war, war er auch wieder verschwunden. Sofort rief der König seinen Hofmarschall herbei und befahl, sofort Boten auszusenden, sie sollten den jüngsten Sohn umgehend zurück ins Schloss holen. Ihm wollte er alle Befehlsgewalt übergeben – wenn auch nur bis zu seiner eigenen Genesung.

Sechs lange Tage und sieben lange Nächte fürchtete der König, seine Schätze könnten gestohlen werden, seine Güter geplündert. Dann endlich kamen die Boten zurück und brachten ihm seinen jüngsten Sohn.
Tot.
Der Biss einer Schlange war noch immer deutlich zu sehen.
„Wer hat es gewagt, meine Pläne zu zerstören?", schrie der König wutentbrannt und hoffte im Stillen, nun möge sein Zweitgeborener bald heimkehren, egal, ob die ihm gestellte Aufgabe erfüllt sei oder nicht.
Wieder verging eine lange Zeit. In jeder Nacht kam der Zwerg und tanzte auf der Brust des Königs herum.

„Wille, wulle, Höckerschwan,
der König lebt in einem Wahn,
will mächtig bleiben bis ans End
und wenn das ganze Reich verbrennt!"

Zu gern hätte der König auf den Irrwisch eingeschlagen, doch schon die kleinste Bewegung bereitete ihm große Schmerzen. So lag er fortan hilflos im Bett, ohne zu wissen, was um ihn herum geschah.

Eines Tages hörte er die Trompeten vom Söller des Schlosses herab die Ankunft eines königlichen Schiffes verkünden.
Als der König dieses Signal hörte, rief er voller Ungeduld:
„Welcher von beiden kehrt heim?" - doch keiner seiner Untertanen kam und gab ihm Bescheid. So rief der König in seiner Verzweiflung nach dem grünen Männchen, wollte von ihm wissen, welcher seiner Söhne zurückgekehrt sei. Kaum gerufen, tanzte der Gnom auf seiner Brust herum.

„Wille, wulle, Höllenschlund,
der König ist ein armer Hund,
will wissen was um ihn geschieht
doch keiner sagt ihm, was ihm blüht.

Wille, wulle, Hexenzopf,
der König ist ein armer Tropf.
Wer glaubt, sein' Macht vergehe nie,
den zwingt das Schicksal in die Knie.

Wille, wulle, Weltenwende,
des Königs Macht ist nun am Ende.
Drei Söhne opfern für die Kron',
nun erntest Du den bittren Lohn!"

Vom Gang her erklangen kräftige Schritte.

Noch einmal tanzte das grüne Männlein auf dem Kopf des alten Mannes herum, vollführte dabei auf seiner Nasenspitze eine so wilde Pirouette, dass dem König die Krone vom Haupt rutschte. Spöttisch lachend flog es danach mit großem Geklirr seiner tausend Glöckchen zum Fenster hinaus.

Die Schritte im Gang kamen näher, die Tür wurde aufgestoßen. Mit festem Schritt trat der älteste Sohn ganz nahe ans Bett seines Vaters. Auf seinen Armen trug er den toten Bruder.

„Hier ist er, dein Zweitgeborener. Wie von dir befohlen hat er den Seeräuber getötet, dann traf ihn selbst eine Lanze in die Brust. Aus reiner Machtgier wolltest du uns alle in den Tod treiben. So handelt kein Vater! Die Früchte deines Lebens schmecken bitter."

Der alte König versuchte sich aufzurichten. Erzürnt, dass seine Pläne gescheitert waren, fuhr er seinen Ältesten grimmig an:

„Und was ist mit dir? Du lebst. Hast du deine Aufgabe erfüllt?"

„Wir brauchen kein neues Land, das unsere ist groß und schön. Es geziemt auch nicht, die Tochter des Seeräubers als Sklavin zu halten. Um neuen Wein zu trinken, opfert kein Vater seinen Sohn. Alles, was du denkst und was du atmest, alter Greis, ist pure Machtversessenheit. Nun hat dich das Schicksal besiegt. Die Krone ist dir vom Kopf gerutscht, das Zepter aus der Hand geglitten."

Der Königssohn bückte sich und hob die Zeichen königlicher Würde auf. Kaum hielt er sie in der Hand, rief der Hofmarschall laut aus:

„Es lebe unser junger König!" ... und alle, die herbeigeeilt waren, stimmten in den Jubelschrei ein. Von dieser Stunde an regierte der älteste Sohn dieses wunderschöne Königreich.

Dem alten König aber, der die Macht nicht loslassen wollte, brach darüber das Herz. Ohne Krone fühlte er sich nackt und bloß.

„Lieber will ich sterben, als machtlos leben", murmelte er vor sich hin. Da öffnete sich lautlos die Wand seiner Kammer und das grüne Männchen trat an des Königs Bett. Mit sanfter Hand bedeckte es die Augen des Königs.

„Wille, wulle, schwere Not,
der Alte ist nun endlich tot.
Wer glaubt, er brauche keine Erben,
wird arm und krank und einsam sterben."

So verschied der König, der nicht loslassen konnte, still und leise – und das grüne Männlein wurde niemals mehr gesehen."

***

Der misstrauische Ritter.

Auf einer Burg hoch über der Katzbach lebte einmal ein mächtiger Ritter. Obwohl alle Untertanen ihm den gehörigen Respekt erwiesen, war er stets voller Misstrauen gegen jedermann. Hinter allen guten Ratschlägen, die ihm gegeben wurden, vermutete er eine Verschwörung. Auch den anderen Rittern, deren Burgen im Vorland des Riesengebirges standen, traute er nicht über den Weg.

Deshalb hieß seine Parole:

„Bevor eener mich angreift, greif ich zuerscht an."

So nährte sein Misstrauen auch seine Kriegslust.

Als ihm wieder einmal danach war, zog er mit seinen Reitern gegen eine Stadt, um Beute zu machen. Der Turmwache blieb der Anmarsch der feindlichen Streitmacht nicht verborgen, und so wurden alle Stadttore schnell geschlossen.

Weil der misstrauische Ritter fürchtete, seine Mitstreiter könnten mit zu sanfter Stimme seine Forderungen kundtun, pochte er selbst an das hölzerne Stadttor.

„Macht sofort uff, oder wir schlagen alles kurz und kleen!", schrie er mit lauter Stimme.

Die Antwort, die ihm gegeben wurde, überraschte ihn. Ein Kübel heißes Wasser ergoss sich von der Burgmauer herab über den Ritter, der zu allem Unglück gerade in diesem Moment nach oben schaute. Die kochende Brühe landete genau in seinem Gesicht. Geblendet stürzte er von seinem Pferd und krümmte sich vor Schmerz auf der Erde.

Als seine Landsknechte das sahen, wollten sie flüchten – doch bevor ihre Pferde sich umwenden konnten, fielen von zwei Seiten gut gerüstete Reiter mit wildem Geschrei über die Angreifer her und ließen die Säbel in der Luft tanzen. Schnell waren die Feinde verjagt.

Der erblindete Ritter lag hilflos im Gras und stellte sich tot.

Erst im Schutze der Dunkelheit legte er seine Rüstung ab und kroch, nur noch bekleidet mit seiner Unterwäsche, auf allen Vieren davon. Es dauerte lange, bis er den Waldrand erreichte. Als er die tief hängenden Äste einer Fichte über seinem Kopf spürte, versteckte er sich darunter und schlief erschöpft ein.

Am nächsten Morgen schmerzten ihn die Strahlen der aufgehenden Sonne. Um seine Augen vor der Helligkeit zu schützen, riss er einen Ärmel aus seinem Untergewand und band ihn um seinen Kopf. Vorsichtig tastete er sich am Boden kriechend durch den Wald. Wie ein Fuchs erschnüffelte er seinen Weg. Manchmal roch

er einen Pilz, doch sein Misstrauen hinderte ihn daran, mit ihm seinen Hunger zu stillen. Wie lange er so umhergekrochen war, wusste er nicht. Und auch nicht, in welche Richtung er sich bewegte.

„Halt! Keenen Schritt weiter!", schrie plötzlich eine noch kindliche Stimme. Der blinde Ritter erschrak, zog das einzige Messer, das er noch besaß, aus seinem Gürtel und richtete sich abwehrbereit auf.
„Vor mir müsst ihr euch nich ferchten. Ich will doch blußig, doass euch nischte passieren tutt."

Der Ritter, der es nicht gewohnt war, angeschrien zu werden, empörte sich.

„Und warum schreist du mich dann so an?"

„Weil ihr sunst ei den Abgrund gestürzt wärt, und doas viele Klafter tief nunder."

In seinem Misstrauen wusste der Ritter nicht, ob er diesen Worten glauben sollte. Deshalb hockte er sich wieder hin und tastete auf dem Boden herum. Im gleichen Moment spürte er die Kante eines Felsens. Unter seinem festen Griff brachen einige Steine heraus und polterten in die Tiefe. Es dauerte eine Weile, erst dann konnte man hören, wie sie ins Wasser platschten.

Erschrocken hielt der Ritter inne und kroch um einige Manneslängen rückwärts.

„Hoab ich euch doch gesagt, ihr sullt nich noch weiter nach vurne kriechn. Habt ihr denn goar keen Vertrauen nich, wenns eener gutt meent mit euch?"

Hilfesuchend streckte der Geblendete seinen Arm in die Luft.

„Wer bist du, Junge?"

Der Knabe trat näher heran.

„Ich? Ich bin der Adam, der Schweinehirte."

Wieder erwuchs im Ritter neues Misstrauen.

„Und wo sein se, deine Schweine? Ich hör se nich und kann sie ooch nicht riechen."

„Wohl, wohl, doas ist eene biese[27] Geschichte. Hier, genau an der Stelle, do ies mir gestern een Schwein abgestürzt. Wie ich am Amd[28] bluß mit zwee, anstatt mit drei Schweinen heem gekummen bin, hoat mich mei Vater furtgejagt. Erscht wenn ich ihm doas verlorne Schwein lebendig wieder heembring, darf ich wieder ei mei Bett. Ar denkt, ich hätt doas Schwein heemlich eim Walde versteckt. *Du willst es verkoofen und das Geld für dich behaaln*', hat er mir vorgeworfen. Dabei stimmt doas goarnich. Die tumme Sau ies, obwohl ich „Haalt!" geschrien hab, ies se dort nunder gestürzt. Zum Glück habt **ihr** mir vertraut, sunst wärs euch genauso ergangen."

„Du hoast oaber eenen argwöhnischen Vater."

„Wohl, wohl, doas ies wahr. Die Mutter soagt ooch immer zu ihm: *Du bist genau so misstrauisch wie inser Ritter droben uff der Burg, nur hoaste keen Schwert nich.*"

„Warum sagt sie das?"

„Weil der Ritter, der über uns herrscht, der misstraut ooch allen Menschen. Und inser Vater hoat es genauso mit mir gemacht."

„Kennst du den Ritter, von dem deine Mutter sulche biesen Geschichten erzählt?"

Der Junge schüttelte seinen Kopf.

---

[27] böse
[28] Abend

„Ich kenn bluß diesen Wald, sunst nischte nichts. Aber jetzt, nachdem mich mein Vater furtgejagt hoat, will ich zur Burg giehn. Will durte fragen, ob man vielleicht eenen Schweinehirten gebrauchen kennt."

Der blinde Ritter tastete sich in die Richtung, aus der die Stimme des Knaben zu hören war.

„Eenen sulch schlauen Burschen wie dich, den kann man uff der Burg sicher gutt gebrauchen. Vielleicht hat man ooch für mich eene Verwendung, ooch wenn ich nichts sehen tu."

„Wohl, wohl. Zum Pferdestriegeln braucht man keene Augen nich, blußig eene gutte Hand", ergänzte der kleine Adam. „Ich fürcht aber, der Kerl durt oben, der wird misstrauisch sein, wenn gleich zwee Fremde vorm Burgtor stiehn."

Den Erblindeten machten die Worte des Jungen zornig. Noch nie hatte es jemand gewagt, ihm seine Eigenart vorzuwerfen. Doch er beherrschte sich und forderte, der Junge solle ihm die Hand reichen und ihn mitnehmen auf dem Weg zur Burg.

„Nee, doas mach ich nich. Händchen halten bin ich nicht gewohnt nich", gab der Schweinehirt zur Antwort. „Ihr könnt alleene hinger mir har loofen. Wenn een Hindernis vor euren Füßen liegen tutt, werd ichs euch sagen. Oder seid ihr ooch asu misstrauisch wie der Ritter oben uff der Burg?"

Da blieb dem Geblendeten keine andere Wahl.

Er lief dicht hinter dem Jungen her, streckte dabei seine Arme weit nach vorn und bewegte sie immer nach rechts und links. Es war schwer für ihn, dem jungen Burschen zu vertrauen. Wie leicht könnte dieser Halbwüchsige ihn gegen einen Baum prallen lassen oder gegen eine Felsenwand.

Als er aber hörte, wie sich die Schritte des Jungen entfernten, lenkte er ein. Wollte er zurück in seine Burg, musste er dem Geräusch folgen. Noch nie in seinem Leben hatte er den Befehlen eines anderen gehorcht. Hörte er jetzt aber Rufe wie: „Zieh deinen Kupp[29] ei!" oder „Heb deine Fisse,[30] es liega lauter kleene Steene eim Wege!" gehorchte er wie ein kleines Kind.

Die beiden ungleichen Gestalten kamen nur langsam voran.

Sorgsam wählte der Junge einen Weg, der einem Blinden keine allzu großen Schwierigkeiten bereitete. Mit jeder Stunde, die sie gelaufen waren, ließen die Bewegungen der zum Schutz erhobenen Arme des Ritters nach. Gegen Abend wagte

---

[29] Kopf
[30] Füße

er sogar, die Hände hängen zu lassen und mit erhobenem Kopf hinter dem Schweinehirten herzulaufen.

Plötzlich blieb der Junge stehen.

„Satt ihr se[31], die Burg, dort uben uffm Berge? Dorte haust ar, der misstrauische Kerle. Bin amol gespannt, wie er eenen Schweinehirten und eenen blinden Bettler empfangen tutt. Sicher wird ar sich denka, die beeden Krippel hoat ihm een anderer Burgherr geschickt, damit se ihm sei Vieh verderben tun."

„Ies ar werklich asu schlimm?"

„Wohl, wohl. Woas asu oalles erzählt wird vun ihm. Ma mechts goarnich glooben nich."

Dem Ritter wurde es langsam unangenehm, zu hören, welche Meinung die Menschen von ihm besaßen. Deshalb unterbrach er den Redeschwall des Jungen und schlug vor, weiterzugehen, um noch vor dem Abend die Burg zu erreichen.

Das hielt der kleine Adam aber für unklug.

„Nu ja, nu nee, ich weeß nich ob doas gutt ies. Ich gloob, am Abend lässt der bestimmt keenen Fremden mehr ein. Es ies wull besser, mir lagern weit weg vom Burgtor. Sunste machen mir uns zur Zielscheibe für grobe Scherze vun der Wache. Wenn se ins mit kleenen Steenen bewer-

---

[31] Seht ihr sie

fen tun, doas wär noch das kleenste Übel. Ich hoab amol gehiert, sie sulln Fremde sogar mit Pferdeäppeln und Kuhscheiße beschmissen ham und ooch mit ..."

„Lass' gutt sein, Junge", fiel ihm der Ritter ins Wort. „Ich hab dir vertraut, und du hast mich sicher bis hierhar geführt. Deshalb will ich jetzt ooch deinem Ratschlag folgen. Bleim mer hier fier die Nacht. Munne[32] sahn mir dann weiter."

Unbekümmert, wie Halbwüchsige nun mal sind, lachte Adam hell auf.

„Gut gelabert, Blinder: Munne *sahn* mer weiter. Nimmst einfach die Augenbinde ab, dann *siehste* schon, wie's weiter gieht. Willste mich veralbern?"

Der Ritter ertrug diesen Spott ohne Widerrede. Auf dem langen, beschwerlichen Weg hatte sich in ihm eine Wandlung vollzogen. Zum ersten Mal in seinem Leben hatte er einem anderen Menschen vertraut, sogar einem Kind. So wollte er jetzt auch den gut gemeinten Ratschlag annehmen. Welche Schande wäre es für ihn, läge er vor dem Tor seiner eigenen Burg und die Wache bewürfe ihn mit Exkrementen.

Vorsichtig ertastete er eine Kuhle und legte sich hinein. Schlafen konnte er nicht. Deutlich spürte er die Veränderung, welche das Kind in ihm ausgelöst hatte.

---

[32] morgen

Selbst wenn er eines Tages wieder sehen könnte, wollte er nicht mehr der alte Despot sein. Seinen Freunden wollte er in Zukunft Vertrauen entgegenbringen und auf ihre Ratschläge eingehen. Das nahm er sich fest vor.

Am anderen Morgen spürte der Ritter die Wärme der aufgehenden Sonne in seinem Gesicht. Dann war ihm plötzlich, als würde es heller um ihn. Vorsichtig nahm er die Augenbinde ab. Blinzelnd wagte er es, die Augen zu öffnen – und er sah, wenn auch sehr verschwommen, seine Burg oben auf dem Berg. Erfreut sank er auf die Knie und gelobte, alles, was er sich in der Nacht vorgenommen hatte, für immer anzunehmen.

„Steh auf, Adam", rief er mit freudiger Stimme.

Anstatt den mageren Körper des Schlafenden mit dem Fuß anzustoßen, wie er es früher sicher getan hätte, bückte er sich und weckte den Knaben.

„Jetze ies es an der Zeit, nauf uff Burg zu giehn. Aber von jetze an geh' ich voran. Nu sullstes ooch wissen: Der Burgherr, den du den misstrauischen Ritter genannt hoast, der bin ich selber. Oaber keene Angst nich, mein Misstrauen ies verschwunden. Du hast mich gelehrt, Vertrauen zu ham und den Vorschlägen anderer zu folgen. Wenn de magst, sollste mir uff der Burg willkommen sein – aber nich bloßig als Schweinehirt. Reiten sullste lernen, und ooch fechten. Biste geschickt, wirschte mein Junker sein, weil deine Ratschläge immer gutt gewesen sein."

Mehrfach musste der kleine Adam seinen Kopf schütteln, bis er begriff, was in der Nacht geschehen war.

Dann stiegen die beiden nebeneinander den Berg hinauf, klopften ans Tor und wurden mit großem Jubel eingelassen.

***

Prinzessin Ilsemild.

In dem großen Talkessel, der von vier mächtigen Bergketten beschützt wird, liegen die Städte Habelschwerdt und Glatz. Lange bevor sie gebaut wurden, herrschte dort einmal ein gütiger König über ein fleißiges Volk. Ob arm oder reich, alle lebten glücklich und zufrieden.

Allein die Kinderlosigkeit der Königsfamilie bereitete den Menschen Sorge um die Zukunft. Wie sollte es weitergehen?

Doch dann geschah, was viele für ein Wunder ansahen.

Wenige Tage vor dem Weihnachtsfest schenkte die Königin Zwillingen das Leben. Beide Kinder waren Mädchen. Eines verstarb noch am gleichen Tag, das andere wurde auf den Namen Ilsemild getauft.

Während das Volk jubelte, kam beim König keine rechte Freude auf. Was sollte ihm eine Tochter? Nach einem uralten Gesetz durfte eine Frau den Thron nicht besteigen.

Aber das Mädchen besaß noch ein viel schlimmeres Mal. Allein der Hofarzt und die Kinderfrau wussten um dieses Geheimnis. Unter Androhung des Todes waren sie gehalten, ihre Zunge zu hüten.

Prinzessin Ilsemild wuchs wohlbehütet heran, war fröhlich und lebensfroh, auch wenn sie viele Schmerzen erleiden musste. Dem Mädchen war nämlich – aus Gottes unerfindlichem Ratschluss – ein Buckel gewachsen. Jeden Morgen, gleich nachdem die Kinderfrau die Prinzessin gewaschen hatte, umwickelte der Medikus den Oberkörper des Kindes mit festen Bandagen in der Hoffnung, das herauswachsende Schulterblatt wieder auf seinen richtigen Platz zurückdrängen zu können. Aber alle Bemühungen halfen nicht.

„Meine Tochter wird ein zu großes Herz haben", vermutete der König und warnte davor, es zu schmälern.

Der Königin, welcher die tägliche Prozedur schon beim Zusehen Schmerzen bereitete, kam eine bessere Idee. Sie ließ bei der Hofschneiderin besonders viele Rüschen und Falten an die Kleider der Tochter nähen, unter denen der verunstalte Rücken den Menschen verborgen blieb. So konnte die junge Prinzessin am öffentlichen Leben teilhaben, nur durfte ihr niemand zu nahe kommen oder sie gar berühren.

So vergingen viele Jahre.

Als aber die Zeit kam, in der die ersten Freier um die Hand der Prinzessin anhielten, war guter Rat teuer.

„Wir werden jedem Prinz, der um unsere Tochter wirbt, das Ehrenwort eines fürstlich geborenen Mannes abnehmen, damit er das bislang so wohl gehütete Geheimnis auf immer und ewig bewahrt", sagte die Königin.

Den König aber schmerzten schlimmere Gedanken.

„Sie werden glauben, unsere Tochter sei eine Hexe. Wird nicht erzählt, solchen Geschöpfen wachse ein Buckel, damit die schwarze Katze bequemer sitzen kann?"

Nacht für Nacht verweilten der König und die Frau Königin lange beieinander und überlegten, was wohl zu tun sei. Bevor sie ihre Gedanken zu Ende bringen konnten, klopfte der erste Freier ans Schlosstor.

Mit allem Prunk und Höflichkeit wurde er empfangen. Früchte und Wein wurden ihm gereicht, nur die Prinzessin durfte er vorerst nicht sehen. Stattdessen nahm ihn der König zur Seite, legte ihm vertrauensvoll seinen Arm um die Schulter und redete dabei mit verklausulierten Worten auf ihn ein. So wurde der Freier von Minute zu Minute misstrauischer. Als er dann endlich erfuhr, welches Geheimnis die Prinzessin umgab, drehte er auf der Stelle um, ließ sein Pferd bringen und ritt schnurstracks zum Tor hinaus. Wie es aber der Ehre eines Edelmannes gebührt, schwieg er über alles, was er gehört hatte.

Es dauerte gar nicht lange, da kam ein anderer Prinz ins Schloss. Kaum war ihm unter dem Siegel des fürstlichen Ehrenwortes das Geheimnis gelüftet, wendeten er sich ab und ritt davon.

Vom geschwätzigen Personal hatte die Prinzessin inzwischen erfahren, warum diese edlen Ritter beim König vorgesprochen hatten. So richtete sie es ein, beim nächsten Besuch eines Freiers versteckt hinter dem Thron alle Worte, die gesprochen wurden, mit anzuhören.

Kaum hatte der schöne Prinz, der ihr sehr gefiel, eiligst das Schloss verlassen, verkroch sie sich in ihr Zimmer und kam drei Tage lang nicht mehr heraus. Besonders eine Frage des Bewerbers, die sie erlauscht hatte, kreiste in ihrem Kopf:

„*Ist sie gar eine Hexe?*"

In der darauffolgenden Nacht schlich Ilsemild heimlich ins Schlafgemach der Mutter und entkleidete sich. Als die Königin ins Zimmer trat und ihre Tochter entblößt stehen sah, entfuhr ihr ein leichter Schrei. Die Prinzessin trat aber ganz nahe vor sie hin, drehte sich mehrmals langsam im Kreis, damit die Mutter sie von vorn und von hinten genau betrachten konnte. Dann fragte sie:

„Mutter, sagt es mir in aller Ehrlichkeit: Bin ich eine Hexe?"

„Mein Gott! Mein Kind!", mehr wusste die Königin in ihrem Schreck nicht zu sagen.

„Wenn das deine ganze Antwort ist, so muss es wohl sein."

Hastig warf die unglückliche Prinzessin ihr Nachtgewand über den verunstalten Körper und stürmte hinaus. Sie lief durch die Flure und Gänge, sprang die Treppen hinab, wollte hinaus aus dem Schloss, doch alle Türen waren nachts versperrt.

Da erinnerte sie sich der kleinen Kellerluke, die den Katzen und Hunden des Hofes zum ungestörten Aus- und Eingang diente. Auf dem Bauch liegend schob sie sich durch die Öffnung, schlich an der Hauswand entlang bis sie ungesehen zwischen den Sträuchern des Schlossparks ein Versteck fand. Ihr Herz pochte gegen die junge Brust. Selbst als sie beide Hände darauf drückte, ließ es sich nicht beruhigen.

„Nein, so will ich nicht leben", hauchte sie leise vor sich hin. „Nicht als Ungeliebte, und schon gar nicht als Hexe. Im Schlossteich werde ich meinem Leben ein Ende setzen."

Als der Mond sein Antlitz hinter einer Wolke versteckte, wagte sie aus den

Büschen zu treten. Offen und frei lief sie über die Wiese. Schwimmen hatte sie nie lernen dürfen, so würde das Wasser jetzt ihr großer Helfer sein.

Noch waren ihre Füße trocken, da stand plötzlich ein Engel vor ihr. Er breitete seine Flügel aus, die hell leuchteten, wie seine ganze Gestalt.

„Ilsemild", sagte er mit zartfeiner Stimme, „kennst du mich noch?"

Erstaunt blieb die Prinzessin stehen. Ihr war, als sei ihr der Engel vertraut.

„Bist du es?"

„Ja, ich bin's."

„Was tust du hier?"

„Dich beschützen."

„Mich beschützen?

Prinzessin Ilsemild ließ ihr Gewand auf den Boden sinken.

„Weißt du denn, wie es um mich bestellt ist?"

Der Engel nickte leicht mit dem Kopf.

„Und meinen Buckel kennst du auch?"

„Wir Engel wissen alles, was auf der Erde geschieht. Aber sieh mich nur an. Auch mir wuchs im Mutterleib ein Buckel."

Ilsemild streckte ihre Arme aus, als wolle sie den Engel berühren.

„Sind darin deine Flügel versteckt, Schwesterherz?"

„Ich schenke sie dir."

„Du kannst sie doch nicht hergeben. Wie willst du ohne Flügel dorthin zurückkehren, woher du gekommen bist?"

Das zarte Wesen, mit dem Ilsemild neun Monate lang aufs Engste verbunden gewesen war, gab ihr zur Antwort, sie solle sich um sie nicht sorgen. Sie wisse schon, was sie tue. Käme sie nicht rechtzeitig zurück, würden sie kommen, sie heimzuholen.

So umarmten sich die beiden Schwestern und hielten sich aneinander fest, wie sie es im Mutterleib immer getan hatten. Es war ein wunderbares Gefühl. Aber, genau wie damals, entglitt die eine Schwester der anderen.

Ilsemild blieb allein zurück.
In ihrer Verwirrung wusste sie nicht, wie sie sich nun verhalten sollte. Doch schnell merkte sie, allein der Gedanke, in ihrem Buckel seien Flügel verborgen, genügte ... und schon öffneten sie sich und trugen sie zurück ins Schloss.

Just in dieser Zeit trafen sich unter einer Friedenseiche drei Königssöhne. Jeder von ihnen hatte um Prinzessin Ilsemild geworben und jeder von ihnen wusste deshalb, wie es um sie bestellt war. Sie sahen daher keinen Bruch ihres Ehrenwortes, wenn sie über sie redeten.

„Sie ist eine Hexe", begann der eine das Gespräch, und der andere gab ihm zur Antwort: „Wir dürfen es nicht zulassen, dass in unserer Nähe ein solches Geschöpf so nahe am Thron lebt."

„Hexen sind die größte Gefahr für uns alle. Lasst uns zusammenstehen und diesem Spuk Einhalt gebieten."

So beschlossen sie zur gleichen Stunde mit ihren Reiterheeren gemeinsam gegen diesen Regenten zu ziehen, dem, davon waren sie überzeugt, eine Hexentochter geboren wurde. Zum Lohn für ihre gute Tat, wie sie es nannten, wollten sie das eroberte Reich gerecht untereinander aufteilen.

Als die Kunde vom Anmarsch dreier großer feindlicher Heerscharen das Schloss erreichte, rief der König seine wichtigsten Berater zusammen. Alle schwatzten wild durcheinander, keiner konnte den Angriff erklären.

Einer gab den Rat, einen Unterhändler den Angreifern entgegen zu schicken, um zu erfragen, weshalb sie die Stadt und das Schloss angreifen wollten. Das aber wollte der König auf keinen Fall. Deshalb befahl er:

„Schließt die Tore der Stadt und stellt euch wehrhaft auf die Burgmauern."

Alle eilten davon, nur der Leibarzt des Königs blieb neben dem Thron stehen.

„Die Standarten der drei Heere verraten, wer die Angreifer sind", raunte er dem König ins Ohr. „Es sind die enttäuschten Brautwerber."

„Befürchtet habe ich es. Aber was sollen wir tun?"

Lange schwiegen die beiden Männer, wussten keinen Rat. Dann hoben sie plötzlich ihre Köpfe, ihre Blicke trafen sich, verbohrten sich ineinander, ihre Gedanken schienen einander gleich zu sein.

Doch dann brauste der König auf:

„Glaubt ihr vielleicht, ich schicke meine Tochter als Opfer vor das Tor? Wo ist sie eigentlich? Schafft sie mir herbei!"

Sofort begann ein eifriges Suchen im Schloss und um das Schloss herum, doch die Prinzessin ließ sich nicht finden.

Auf einmal zog ein leichter Windhauch durch den Saal, ein Sonnenstrahl erhellte den würdigen Raum und Prinzessin Ilsemild stand, bekleidet mit einem lichten Kleid vor dem Thron.

„Ihr sucht nach mir?", sagte sie mit solch fester Stimme, wie sie noch nie eine gehabt hatte. Erschrocken wandte sich der König ihr zu, erklärte in langer Rede, wer vor den Toren der Stadt aufmarschiert sei. Dann holte er tief Luft und rang sich die harten Worte ab:

„Sie glauben, du seiest eine Hexe."

„Warum sollte ich eine Hexe sein?"

„Weil du einen Buckel hast."

„Was kann ich dafür, wenn ich so geboren wurde?"

Langsam drehte sich die Prinzessin um. Durch den dünnen Stoff sahen die beiden Männer die Auswölbung und fassten sich mit ihren Händen ans Herz, als müssten sie es festhalten.

„In euren geheimen Gedanken habt ihr überlegt, ob es nicht gut wäre, mich, die vermeintliche Hexe, als Opfergabe den Angreifern auszuliefern. Geht auf den Turm und schaut von oben genau zu, dann werdet ihr erkennen, was ich bin."

Der König sah den Leibarzt und der Leibarzt den König ungläubig an. Woher sie ihre Gedanken kenne, hätten beide gern gewusst, doch bevor sie ihre Frage aussprechen konnten, war die Prinzessin nicht mehr im Raum. So stiegen die recht betagten Männer hinauf auf den höchsten Turm. Gleich der erste Blick ließ sie verzweifeln. Von drei Seiten näherten sich die feindlichen Soldaten der Stadt, die ersten Reiter klopften schon an die Tore.

Da erhob sich drunten vom Schlossteich her ein Engel in die Lüfte. Zuerst schwebte er wie schützend um das Schloss, doch bald wurden seine Kreise größer und größer, bis er über die schützende Mauer hinaus flog, dicht über die Köpfe der Feinde hinweg. Und gar manchem, ob vor dem Stadttor oder dahinter, schien es, als schwirrten große Heerscharen himmlischer Wesen um ihn herum.

Kein feindlicher Soldat wagte es, einen Speer zu werfen oder gar mit dem Bogen zu schießen. Zuerst waren es die Pferde, die aufbäumten und den Gehorsam verweigerten. Panik brach aus. Die Krieger erhoben ihre Arme flehend zum Himmel und jagten eilends davon.

Hinter den Toren der Stadt herrschte indes großer Jubel. Zuerst konnten sich die Menschen die himmlische Erscheinung nicht erklären, als sie aber ihre Prinzessin Ilsemild erkannten, fielen sie sich vor Freude in die Arme und herzten und küssten sich.

„Frieher durften mer se blußig aus der Ferne angucken ...", rief der eine und ein anderer fügte hinzu: „Mir sullten halt nich wissen, doass insere Königstochter een Engel ies."

Am glücklichsten aber waren der König und die Königin. Im Stillen schämten sie sich über ihre bösen Vermutungen. Doch so ist nun einmal das Leben: wer anders ist, als die anderen, wird schnell zum Bösewicht gemacht.

Während der Herold vom Balkon des Schlosses den Sieg über die Feinde verkündete und zu einem Siegesfest lud, rief das Volk nach der Tochter des Königs.

„Prinzessin Ilsemild, inser Engel!", riefen sie, und immer wieder: „Prinzessin Ilsemild, inser gutter Engel!"

Ohne dass es die Feiernden bemerkt hätten, war die Königstochter längst unter ihnen. Ehrfürchtig betrachteten die Menschen ihren andersartigen Rücken, aber keiner wagte, ihn zu berühren.

Das Siegesfest dauerte drei Tage.
Ob arm, ob reich, alle konnten daran teilnehmen. Ochsen wurden am Spieß gebraten. Lämmer, Gänse und Hühner geschlachtet. Das gute Braunbier floss in Strömen, viele Humpen vom köstlichen Wein wurde gereicht.
Bevor der König jedoch den ersten Schluck nahm, ließ er seinen Hofschreiber kommen. Es bedurfte nur weniger Federstriche und ein uraltes Gesetz war geändert. Von jener Stunde an – (wer weiß das heute noch?) – von jener Stunde an ist es auch einer Frau erlaubt, ein Königreich zu regieren.

***

Der alte Fiedler.

Vor vielen Jahren lebte am Rand von Kunzendorf ein alter Mann. Seine Frau war schon lange verstorben und sein einziger Sohn, der weit und breit keine Arbeit gefunden hatte, war nach Amerika ausgewandert. So lebte der Alte jetzt ganz allein. Es war aber nicht nur das Alleinsein, das ihn bedrückte, an manchen Tagen fühlte er sich auch sehr einsam.

Als Schneider hatte er für die Menschen Kleider erneuert, vielen Hosen und Jacken Flicken aufgesetzt. Nun aber waren seine Augen von Jahr zu Jahr schlechter geworden, die feinen Stiche konnte er nicht mehr erkennen. Seine Tränensäcke waren prall gefüllt, denn das Weinen hatte er längst verlernt. Den einzigen Trost in seinen einsamen Tagen gab ihm seine Fiedel, die er noch immer trefflich zu spielen verstand. So konnte jeder, der nur in die Nähe seines Hauses kam, die sehnsuchtsvollen Klänge hören - oft bis in die späte Nacht hinein.

Eines Abends klopfte es an der Tür.

Der alte Mann war gerade dabei, seine Geige einzupacken.

„Der Tuud[33] werd's sein", sagte er nachdenklich, und dazu noch: „Mich täts nur erfreun."

---

[33] Tod

Schnell hob er seine Fiedel wieder ans Kinn.

„Dem Tuud musste die Tür nich uffmachn, der kummt, wenn ar nur will, durch jedes kleene Schliesselluuch",[34] dachte er und spielte noch einmal seine Lieblingsmelodie, nach der er bei seiner Hochzeit mit seiner Frau getanzt hatte.

Eine große Freude, ja sogar etwas, das sich wie Glück anfühlte, zog dabei in sein Herz. Schon lange hatte er nicht mehr so gut gespielt, so fröhlich, wie jetzt – wie er glaubte - bei seinem letzten Lied.

In seinem Rücken spürte er den Luftzug, der beim Öffnen der Tür entstand. Ohne seine Geige abzusetzen rief er dem Eintretenden zu:

„Loass' mich's noch zu Ende spielen, dann bin ich bereit!"

Plötzlich begann sein Herz laut zu pochen. Er verlor den weichen Strich und auch den Takt. Zögerlich drehte er sich dem späten Besucher zu –

- und erschrak!

Den Bogen noch immer steil in die Luft haltend, starrte er auf die Frau, die in einem langen weißen Kleid vor ihm stand und ihm zulächelte.

„Dein Spiel erfreut alle Herzen", sagte sie mit ihrer zarten Stimme und klatschte dabei in ihre Hände. „Drunten im Dorfkrug

---

[34] Schlüsselloch

feiert der Sägemüller seine Hochzeit. Du wirst mit deiner Geige sehr willkommen sein."

Kaum waren diese Worte ausgesprochen, verließ die Frau die niedrige Stube, ohne die Tür hinter sich zu schließen.

Nun war der Fiedler doch erleichtert, dass nicht der Tod gekommen war. So zog der alte Mann den noch immer hoch erhobenen Bogen zart über die Saiten, um den letzten Akkord nicht unvollendet zu lassen.

„Uff den Schreck wär mer een Schnapsel groade recht", sagte er, obwohl er genau wusste, sein Vorrat war längst aufgebraucht.

„Nu gutt, da werd ich haalt der Einladung fulgen. Een oder zwee Glasel wern se mir schun für mein Spiel eischenka."[35]

Nach einem tiefen Seufzer machte er sich auf den Weg.

Schon weit vor dem Dorfkrug begann er sein Spiel. Mit großem „Hallo" wurde er empfangen und Jung und Alt schwangen das Tanzbein. Der Bräutigam brachte dem Fiedler einen Krug frisches Bier und als Zugabe einen großen Schnaps.

„Wer hoatt's denn ausgeplaudert, doass ich heite Huchzich[36] feiern tuu?"

---

[35] einschenken
[36] Hochzeit

Der alte Mann trank schnell einen großen Schluck vom frischen Bier, kippte den Schnaps noch hinterher, bevor er antwortete.
„Du hoast mich doch hulln lassen."
„Ich? Keene Rede davun."
„Aber - die Frau, die eim langa Kleede[37] ..."
„Welche Frau? Zeig se mir."
„Ich hoab se hier ooch noch nich gesahn."
Der Bräutigam schüttelte merklich den Kopf. Entweder ist der Alte schon so vertrottelt und spinnt, oder er ist ein ganz gerissener Bursche, der sich selbst eingeladen hat. Aber es war ja gut, dass er hier war und spielte. Eine Hochzeit ohne Musik wäre doch etwas fad geworden.
Das fanden die Hochzeitsgäste genauso.
Kaum hatte der Alte sein Bier getrunken, riefen sie nach neuer Musik. Wieder wurde gesungen und getanzt und laut gesungen.
Mitternacht war schon lange vorbei, dann erst durfte der Alte sein Spiel beenden. Viele gute Worte und einen Lederbeutel voller Münzen gab man ihm mit auf den Heimweg.

Am nächsten Tag rätselte der alte Mann, wer wohl die Frau gewesen sein

---

[37] Kleid

mochte, die gestern so plötzlich in seiner Stube stand und zum Tanz lud. Im Nachhinein glaubte er an eine Ähnlichkeit mit seiner verstorbenen Frau, schalt sich aber schnell einen alten Narren.

„Woas sulln die tumma Gedanka.[38] Froh sullt ich sein! Eigentlich hoab ich gedocht, der Tuud kummt zu mer. Der hätt mich nich zum fröhlichen Spiel uffgefordert. Oder goar eenen Schnaps serviert. Und su worscht doch een schiener Obend.[39]"

In der Stadt wurde noch lange über das lustige Spiel des Alten gesprochen. So folgte eine Einladung der anderen. Bei Kirchweihfesten, Hochzeiten und Geburtstagen spielte der alte Mann auf. Neuer Lebensmut zog in sein Herz. Wurde er aber gebeten, bei einer Beerdigung seine Geige zu spielen, wies er diese Einladung schroff ab. Er fürchtete, der Tod würde ihn dabei hören und ebenfalls Gefallen an seinem Spiel finden.

Als aber das Jahr zu Ende ging und die stille Zeit anbrach, war es mit den Feiern und Festen vorbei. Der Schnee lag hoch, der alte Mann konnte sein Haus kaum mehr verlassen. So kehrte die alte Schwermut wieder bei ihm ein, die Gicht versteifte seine Finger. Sah er sein Instru-

---

[38] dumme Gedanken
[39] ein schöner Abend

ment liegen, zogen traurige Gedanken durch seinen Kopf:

„Wüsst ich blußig eenen, der meiner Fiedel würdig ies. Ich wullt se ihm schenka. Vielleicht sullt ich eenmol ei die Schule giehn, der Herr Lehrer weeß bestimmt een Kind, welches doas Spiel mit der Geige lerna mecht, aber keen Geld nich hoat, eene zu koofen."

Immer heftiger fiel der Schnee.

Am liebsten wäre er gleich in die Stadt gegangen, um beim Lehrer nachzufragen, doch der Weg in die Stadt war bei diesem Wetter für den alten Mann unmöglich. So räumte er schweren Herzens seine Fiedel in den Schrank. Zu sehr erinnerte sie ihn an die schönen Stunden.

Bald stand ihm ein schwerer Tag bevor: Sein achtzigster Geburtstag. Und das genau am Heiligen Abend. Allein und verlassen würde er die beiden Feste feiern müssen.

Während die Dunkelheit sein Haus einhüllte, blickte er grübelnd aus dem Fenster. Ein tiefer Seufzer entfuhr seiner Brust.

„Nu weeßte, Tuud, kumm ock,", brummelte er vor sich hin. „Kumm ock baale[40], doass mer die vielen, schweren Gedanken erspart bleim tun."

---

[40] bald

Von jenem Abend an stellte er eine brennende Kerze ans Fenster. Wer immer ihn suche, der solle ihn auch finden.

Die Tage wurden kürzer, die Nächte dafür umso länger. Der alte Mann lag wach und lauschte auf jedes Geräusch. Würde noch einmal jemand zu ihm kommen? Vielleicht die Frau im langen Kleid, um ihn zum Tanz aufzufordern? Ihm wie damals neuen Lebensmut bringen? Oder würde der Nächste, der seine Stube betritt, doch der Gevatter Tod sein?

Was er hörte, war aber nur das Rauschen des Windes, das ihn in den Schlaf begleitete. So blieb es bis zur letzten Nacht vor dem Heiligen Fest und seinem achtzigsten Geburtstag.

„Munne, gleich zwee Festlichkeiten uff eenmoal", murmelte er vor sich hin. „Vielleicht ies es besser asu. Dann hoab ich oalle beede hinger mir."

Früher hatte er sich immer darüber geärgert, jetzt aber war er froh, nicht zweimal die besondere Einsamkeit dieser Tage spüren zu müssen.

Mit diesem tröstenden Gedanken stand er schon sehr früh auf und zog seinen besten Anzug an. Die letzte Kerze, die er noch besaß, wollte er zur Feier des heutigen Tages brennen lassen, auch wenn es danach für lange Zeit dunkel um ihn sein würde.

Als wüsste der Himmel, was heute geschehen würde, teilten sich schon früh am Morgen die Wolken und gaben den Sonnenstrahlen den Weg zur Erde frei. Der Schnee glitzerte und glänzte so stark, der alte Mann konnte kaum mehr aus dem Fenster blicken. So setzte er sich still an den Tisch und legte seine Hände in den Schoß.

Dann aber überfiel ihn der Gedanke, er könne seine Geige hervorholen und versuchen, ein paar Weihnachtslieder zu spielen.

Der Gedanke gefiel ihm, und schon nach wenigen Minuten stand er in seiner festlichen Kleidung mitten in seiner Stube und spielte die Lieder von der *Stillen Nacht* und der *Heiligen Nacht*. Von *Maria im Dornwald* und von den *Kinderlein,* die da kommen sollen.

Kaum hatte er das letzte Lied beendet, hörte er wie in einem Echo von draußen Flötentöne. Mehrstimmig aneinander gereiht, drangen sie in sein Ohr. Danach erklang ein Gesang, dessen Worte er nicht verstand.

Eine Weile hörte er gespannt zu, dann entfuhr ihm ein tiefer Seufzer.

„Nu ja, nu nee - nu ies es also asu weit. Woar mei Laba[41] schun keene Zuckerschlecke nich, wird der Tuut hoffentlich een bisserle gnädiger mit mir sein. Ich bin ja ooch bereit zu gien, wenn der Herrgott mich hullt."

Die Geige noch immer in der Hand, ging er zur Tür und öffnete.

Lange irrte sein Blick über die Frau, den Mann und die drei Kinder, die vor ihm standen – bis er endlich seinen Sohn wiedererkannte.

Viele Jahre hatte er nichts mehr von ihm aus Amerika gehört, und nun stand er vor ihm, mit seiner ganzen Familie. Was sie ihm da als Geburtstagsständchen sangen, blieb ihm unverständlich, die Melodie aber gefiel ihm sehr. Als der älteste Enkel auch noch mit einer Geste um die Geige bat, sie ans Kinn setzte und mit geübtem Strich das Lied von der *Stillen Nacht* spielte, öffneten die Tränensäcke des alten Mannes vor lauter Freude ihre Schleusen.

In seinen achtzig langen Lebensjahren hatte der alte Mann noch nie ein so schönes Weihnachtsfest erlebt. Er glaubte zu träumen.

Und ein bisschen fürchtete er, es könne alles nur ein Märchen sein.

***

---
[41] Leben

Der Fürst und seine sieben Söhne.

Hoch oben im Heuscheuergebirge lebte einmal ein reicher Fürst. Sein großes Reiterheer war weithin bekannt und gefürchtet. Deshalb glaubte er, ihm stehe die Königswürde zu. Die anderen Fürsten im schlesischen Land, deren Zustimmung nötig gewesen wäre, waren aber dagegen.

„Er hat keinen Sohn als Erben", war ihr einstimmiger Einwand. „Das Königreich würde nach seinem Tod bald wieder zerfallen."

So blieb der Enttäuschte mit sich und seinem Leben unzufrieden. Er fand keinen ruhigen Schlaf mehr. Oft stand er des Nachts am Fenster seines Schlafgemachs und schrie seine Klage laut in den Wald.

„König möchte ich werden und Herrscher sein über diese schönen Berge und die fruchtbaren Täler. Warum nur bekomme ich keinen männlichen Erben?"

Sein Ärger wuchs von Tag zu Tag.
Er richtete sich gegen alles und jeden. Vor allem machte er seinem Weib Vorhalte, weil sie nicht schwanger wurde.
Darüber war die Fürstin sehr traurig. In ihrer Not befragte sie ihre treueste Dienerin, die schon drei Kinder geboren hatte, ob sie keinen Rat wisse. Zuerst wollte die Magd ihrer Herrin über diese intimen Din-

ge keinen Bescheid geben, als aber die Fürstin zu weinen begann und jämmerlich klagte, erbarmte sie das.

„Drieben, uff der anderen Seite vum Kornberg, durte wohnt een weiser Mann", flüsterte sie ganz leise ihrer Herrin ins Ohr. „Der verstiehts, een Getränk zu braun, woas bei vielerlei Leiden helfen tutt. Ob er ooch bei dem helfa koann, woas Euch plagt, doas weeß ich nich."

Der Fürst war wieder einmal auf großer Jagd und würde eine lange Zeit dem heimatlichen Schloss fernbleiben. Dies erschien der Fürstin günstig. Sie bat die getreue Dienerin, sie möge sofort einen Boten aussenden, um diesen Nothelfer herbeizuholen. Schon am nächsten Tag stand der weise Mann vor der Fürstin und hörte sich ihr Begehren an.

„Kommt in der nächsten Vollmondnacht zu mir in meine Hütte, nur so kann ich Euch helfen", sagte er und ging schnell wieder seines Weges.

Die Fürstin wartete bis der Mond in voller Rundung über dem Tannenwald stand, dann ließ sie sich in der Dämmerung von der Dienerin bis zum Waldrand führen, in dessen Nähe die Hütte des Kräutermischers stand.

„Geht jetzt wieder heim", befahl sie der Dienerin. „Aber erzähle keinem von dem, was du weißt. Den Weg zurück werde ich schon allein finden."

Als der Fürst nach vielen Wochen von der Jagd zurückkehrte, fand er seine Gattin am helllichten Tag im Bett. Ob sie krank sei, fragte er missmutig. Ihm wäre es lieber gewesen, sie hätte ihn im Schlosshof mit lautem Jubel begrüßt.

„Mir ist geboten im Bett zu bleiben; es könnte sein, dass ich junges Leben in meinem Leib trage."

Diese Worte gefielen dem Fürsten, dennoch blickte er ungläubig auf seine Gemahlin, deren Gesichtszüge ihm verändert vorkamen.

„Und eines noch ist mir aufgegeben", fügte die Fürstin an. „Keuschheit ist mir auferlegt für die nächsten neun Monde. Jede Erregung könnte dem Nachwuchs schädlich sein."

Diese Worte gefielen dem Fürsten nicht. Wenn es aber hilfreich sei, ihm einen Erben zu bescheren, so wollte er diese Zeit notgedrungen ertragen.

Der Winter zog durch die Berge.
Der Fürst vertrieb sich die kurzen Tage und die langen Nächte mit seinen Kumpanen. Erst als die Schneeschmelze begann und die erste Frühlingsluft Säfte sprießen ließ, betrat er wieder einmal das Schlafgemach seines Weibes. Und er erschrak.

Der Leib der Fürstin wölbte sich, selbst das Federbett konnte die gewaltige Rundung nicht verbergen.

„Na, endlich", brummte der Fürst vor sich hin und befahl seinem Leibarzt, keine Minute von der Schwangeren zu weichen.

Als bald darauf der erste Kinderschrei durchs Schloss tönte, blieb der Fürst wie erstarrt mitten in seinem Jagdsalon stehen. Noch wusste er nicht, wie er dieses Geplärr einstufen sollte. Die Freude, nun endlich einen Erben zu besitzen, wurde ihm verdorben durch diesen ungewohnten Lärm.

So ging er zuerst hinunter in die Schenke.

Einen oder zwei Humpen des guten Bieres wollte er zur Stärkung leeren. Alle Bediensteten, die ihm begegneten und gratulieren wollten, wies er schroff zurück, zu sehr vergällte ihm das Kindergeschrei seine Freude. Nach dem dritten Humpen glaubte er, nun sei endlich alles vorbei, er könne nachsehen, ob es ein Knabe sei. Da erhob sich erneut das Geschrei, und wieder und immer wieder. Verbittert schüttete der Fürst den letzten Schluck in seinen Hals und stieg hinauf in das Zimmer der Fürstin.

Da lagen auf sauberem Linnen sieben neugeborene Kinder, genau in der Reihenfolge, wie sie geboren wurden. Sein Erstaunen währte nur kurz. Eilfertig ließ er sich zeigen, welches Kind das Erstgeborene sei, schritt hin, hob das Leinentuch hoch und sah zu seiner Befriedigung, dass es ein Knabe war.

„Bindet ihm – aber nur ihm - ein goldenes Band um den Fuß!", befahl er und verließ den Raum. Die anderen, ebenfalls Knaben, würdigte er keines Blicks. Jeden Tag ließ er sich seinen Erstgeborenen bringen und fragte eindringlich, ob er auch nicht verwechselt worden sei. Um für alle Zeiten sicher zu gehen, nahm der Fürst sein Jagdmesser und ritzte eine Kerbe in die Fußsohle des Kindes.

Erschöpft von der schweren Geburt ging es der Fürstin von Tag zu Tag schlechter, bis sie in einer Gewitternacht verschied.

In den folgenden Nächten schlief der Fürst schlecht.

Längst waren genug Ammen herbeigeschafft, welche die Kinder nähren konnten. Den Fürsten quälte eine andere Frage: Kann ich mit sieben Söhnen König werden? Die anderen Fürsten werden mich fragen, wie ich mein Erbe unter ihnen aufteilen werde? Es wird Streit geben unter deinen Söhnen, werden sie sagen. Sie werden übereinander herfallen. Bruderkrieg wird es geben. Mit sieben Söhnen könnt Ihr nicht König werden.

Voller Ärger über diese Gedanken schlug der Fürst mit der Faust auf den Tisch.

„Nein, soweit darf es nicht kommen. Dafür werde ich sorgen."

In der folgenden Nacht schlich der Fürst in den Schlafraum seiner Kinder. Behutsam legte er seinen Erstgeborenen zur Seite. Jedem der anderen Söhne schüttete er einen Schnaps in den Mund, gebrannt aus Wachholderbeeren. Vorsichtig wickelte er jeden der kleinen Körper in ein Leinentuch und legte alle in einen Tragekorb.

Einem getreuen Diener drückte er einen Silbertaler in die Hand und hieß ihn, den Korb zum Bergsee zu tragen. Dort solle er zuerst noch einen großen Stein in den Korb legen, danach ihn mit allem Inhalt im Wasser versenken. Zur Erklärung log er dem Untertan vor, der Hund habe geworfen, aber alle Welpen seien tot. Die anderen Fürsten würden ihn verspotten, wenn nicht einmal sein Lieblingshund in der Lage sei, gesunden Nachwuchs zu gebären.

„Niemand darf, auf Ehre und Gewissen, auch nur ein Wörtlein davon erfahren. Sonst droht dir der Tod!"

Das Herz voller Angst machte sich der Diener auf den Weg.

Während er so bergan stapfte, überfielen ihn Zweifel. Hunde können auch mal verwerfen, das wusste er; warum aber diese toten Tiere nicht vergraben wurden, wie all die anderen, das verstand er nicht. So überkam ihn die Neugier. Kaum hatte er den Rand des Sees erreicht, öffnete er den Korb und fand darin sechs kleine Menschenkinder, alle noch warm und lebendig.

„Maria und Josef ...", entfuhr es dem Diener.

Schnell schlug er das Kreuz, zuerst über den Kindern, dann auch über sich selbst. Was sollte er nur tun? Für einen Silberling zum sechsfachen Mörder werden? Viel Zeit zum Überlegen blieb ihm nicht, denn die Morgendämmerung kroch schon an den Berghängen entlang.

Vorsichtig näherte er sich einem nahe am Wasser stehenden Haus und legte die kleinen nackten Körper vor die Schwelle. Dann eilte er schnell zurück zum See, füllte Steine in den Korb und versenkte ihn im Wasser.

In selbiger Nacht erwürgte der Fürst mit eigener Hand alle Welpen, die sein Hund geworfen hatte. Am nächsten Morgen ließ er verkünden, sechs seiner sieben Söhne seien verstorben. Zum Zeichen seiner Trauer wischte er sich mit dem Handrücken über die Augen und befahl:

„Hebt gleich neben dem Grab meiner Frau eine tiefe Grube aus, dann lasst mich für heute allein. Wenn die Sonne untergeht, will ich meine Söhne in meiner tiefen Trauer eigenhändig und allein begraben."

Als es zu dunkeln begann, blickten viele neugierige Augen durch die Fensterritzen. Sie sahen den Fürst zu dem vorbereiteten Grab eilen. Auf seinen Armen trug er einen weißen Leinensack. Vor dem ausgeschaufelten Loch kniete er nieder, als spräche er ein Gebet, und stieß dabei die toten Hunde in die Tiefe.

Kaum war alles im Loch, schaufelte der Fürst die ausgehobene Erde hinein und trampelte sie fest.

Als der Waldarbeiter, dessen kleine Hütte nahe am Seeufer stand, am Morgen vor die Tür trat, um nach dem Wetter Ausschau zu halten, zuckte ein heftiger Schreck durch sein Herz.

„Weib!", rief er. „Weib!"

Mehr brachte er nicht heraus.

Die Gerufene vernahm sofort den besonderen Ton in der Stimme ihres Mannes und eilte ihm zur Seite.

Erschrocken über das, was sie sahen, mussten sie sich aneinander festhalten. Es dauerte eine Weile, bis der erste Schreck verflogen war. Ihr einziger Sohn war als Kind im See ertrunken. Momente des

Schreckens waren ihnen deshalb nicht neu. Was sie aber jetzt sahen, übertraf alles, was ein Menschenverstand erfassen konnte.

Die Frau war es, die zuerst ihre Sprache wiederfand.

„Eene leichtere Geburt als die, die gibts wohl nirgendwo uff der Welt", sagte sie und hieß ihren Mann:

„Bring die Kindla oalle eis Haus rei."

„Nu ja, nu nee, wie willste asu viele Kinder ernähren?", fragte er besorgt und sie antwortete ihm:

„Doas loass nur meine Sorge sein."

Damit war des Palavers genug.

Die Frau schürte das Feuer hoch und bettete die Kinder oben auf den Ofen, wo die Wärme am schnellsten hin kriechen würde. Der Mann aber schüttelte nur unentwegt seinen Kopf, nahm seine Axt und ging mit schweren Gedanken beladen in den Wald.

So wuchsen im Haus der armen Leute sechs prächtige Knaben heran. Alle ähnelten einander, wie die Forellen im See. Die Mutter lehrte sie das eine, der Vater das andere. Die Frage, wer von den Sechs der Älteste, wer der Jüngste, war ihnen unwichtig. Niemand hätte je eine Antwort gewusst. Gemeinsam gingen die Burschen in den Wald, gemeinsam stiegen sie auf die Berge. Bald waren sie stark genug, große Bäume zu schlagen und es dauerte nicht lange, da stand neben der alten Hütte eine neu erbaute Sägemühle. Das Klappern des Wasserrades klang weit hinaus ins Tal. Die jungen Männer waren fleißig, bauten noch eine Schmiede hinzu und eine Getreidemühle.

Im Fürstenschloss wuchsen dagegen die Sorgen. Die Dienerschaft raunte sich Vielerlei zu.
„Es wird wull der Tuud der Ferschtin[42] sein, der ihn bedricken tutt."
„Und dazu die viela tuuten Seehne."[43]
„Doas werds sei, woas die Schuld hoat am Missmut inseres Ferschten."
Genaues wussten sie nicht.

In Wirklichkeit aber hatte der Zorn des Fürsten einen ganz anderen Grund. Obwohl er nun einen Erben besaß, hatten die anderen Fürsten erneut abgelehnt, ihn zum König zu küren.
„Einen hinkenden Königssohn willst du uns zumuten?"
„Er blamiert uns vor der ganzen Welt, wenn er so daherhumpelt."

Ja, so war es gekommen.
Der Fürstensohn konnte durch eine dicke Narbe an seiner Fußsohle nicht richtig

---
[42] Fürstin
[43] toten Söhne

auftreten. Bei jedem Schritt hob er den rechten Fuß schnell wieder an, als verlöre er sonst sein Gleichgewicht. Selbst heftige Stockhiebe vermochten nicht, dem Sohn das richtige Laufen beizubringen

Die üble Laune des Fürsten wuchs von Tag zu Tag. Richtig jähzornig und böse wurde er, keiner konnte ihm noch etwas recht machen. Sein einziger Sohn ritt deshalb, so oft es nur ging, hinaus in die Wälder. Das Leben im Schloss war ihm längst ein Gräuel, denn der Fürst war längst zu einem üblen Säufer geworden und zeterte den ganzen Tag.

Bei einem seiner weiten Ausritte hörte der Sohn des Fürsten plötzlich das Klappern einer Mühle. Dazu das Singen einer Säge.

„Lasst uns hin reiten", sagte er zu seinen Begleitern. Erschrocken riet der älteste Diener sofort ab.

„Nee, Herr! Een unguter Ort ies es. Mir sullten ihn tunlichst meiden."

„Warum nur?", fragte der Fürstensohn zurück. „Was ist mit ihm?"

Der Bedienstete, vom alten Fürst vor vielen Jahren mit einem Silberling zum Schweigen verpflichtet, druckste herum:

„An diesem See, junger Herr, asu erzählns die Leute, sull es nich ganz geheuer sein. Die Seelen vun Verstorbenen, so sagt man ... asu genau weeß ich doas ooch nich … die Seelen der Versturbenen sullen … "

„Papperlapapp!", rief der junge Fürst. „Ich fürchte Gott – sonst nichts!"

Mit einem gewaltigen Hieb schlug er seinem Pferd die Sporen in die Weichen und stürmte voran. Notgedrungen folgten ihm alle Reiter.

Der Alte, der ihn gewarnt hatte, ritt zaghaft hinterher.

Als der alte Holzfäller die Reiter kommen sah, rief er voller Schreck seine Söhne, die gerade gemeinsam beim Mittagsmahl saßen. Alle sechs stürmten aus dem Haus, jeder sein selbstgeschmiedetes Schwert in der Hand.

Der Fürstensohn stoppte sein Pferd. Ihm hatte sich noch nie jemand bewaffnet entgegengestellt. So parierten alle fürstlichen Ritter in gebührlichem Abstand ihre Pferde und zogen ebenfalls ihre Schwerter.

Eine Weile standen sich die Bewaffneten wortlos gegenüber.

Endlich kam auch der alte Diener nach, der seinen Herrn vor diesem Ort gewarnt hatte. Schwerfällig ließ er sich von seinem Pferd gleiten. Als er die kampfbereiten Männer vor der Sägemühle sah, lief er schnell einige Schritte nach vorn und breitete weit seine Arme aus.

„Brüderlich sollt ihr sein", rief er zuerst zu der einen Seite, dann zur anderen: „Brüderlich!"

„Was redest du da, alter Mann?", fuhr ihn der Sohn des Fürsten an. „Ich bin der Sohn des Gebieters dieses Landes. Ich kann es nicht dulden, wenn mir jemand das Gastrecht verweigert."

„He! Was laberst du da?", schallte es ihm von der Sägemühle entgegen. „Mir sein freie Männer uff freiem Land. Es ies bei ins eene gutte Sitte vum Pfard zu steigen, wenn ins eener besuchen kummt."

Zum Zeichen ihrer Zustimmung zu dem, was einer der Brüder gesagt hatte, klopften die anderen mit ihren Schwertern. Über diese kecken Worte empörten sich die Ritter des Fürsten und klapperten ebenfalls mit ihren Schwertern. Da lief der alte Diener zu seinem Herrn, hängte sich an den Zügel des Pferdes und flüsterte:

„Een Geheimnis ies es, Herr. Een gruußes Geheimnis."

Interessiert daran, was der Alte zu erzählen habe, beugte sich der Fürstensohn vom Pferd herab.

„Erzähl, was du zu sagen hast."

Ängstlich ergriff der Alte den Zügel des Pferdes und führte es abseits der anderen. Erst dort berichtete der Diener, zitternd vor Angst, was vor Jahren geschehen war. Er selbst, fügte er hinzu, sei nun des Todes, weil er seinen Schweigeeid gebrochen habe. Der Fürstensohn wollte diese Geschichte, die ihm der Alte vorgetragen hatte, nicht glauben.

„Du redest irr!", schrie er ihn an.

„Gloobt mirs doch. Asu ies es gewaast."

In seiner Verzweiflung wusste sich der alte Diener nicht anders zu helfen, als das Pferd gegen den Willen des Fürstensohnes nahe an die Hütte zu zerren.

„Kummt, Herr", bettelte er, „saaht doch selber."

Langsam näherten sich die beiden der Mühle.

Als sie nahe genug heran waren, sah der Fürstensohn die so gleichen Gesichter der jungen Männer. Da war die Überraschung groß. Wie sich die Burschen in ihrem Aussehen untereinander glichen, so sah ihnen auch der Fürstensohn gleich.

Nun musste der Alte noch einmal seine Geschichte erzählen. Musste gestehen, dass er es war, der vor vielen Jahren die sechs Kinder vor die Schwelle der kleinen Hütte gelegt hatte – nun aber müsse er um sein Leben bangen, denn er habe seinen Schwur gebrochen.

Da trat der alte Sägemüller nach vorn und legte seinen Arm auf die Schulter des Dieners.

„Do bleibste haalt bei ins. Du hoast ins mit den Kindern viel Arbeet, oaber ooch eene gruße Freide gebracht. Hier bei ins biste sicher, dein ganzes Laba[44] lang."

Während die beiden Alten sich dankbar in die Augen blickten, legten die Brüder ihre Schwerter weg, näherten sich dem Erstgeborenen, hoben ihn vom Pferd und fielen sich vor Freude in die Arme.

Die Frau ließ indes den Tisch decken und lud alle zu einem Gastmahl.

Einträchtig saßen die Brüder beieinander und palaverten darüber, wer wohl eine schönere Jugendzeit erlebt habe: der Erstgeborene unter einem gestrengen Vater in einem Schloss, oder die in der armen Hütte bei liebevollen Eltern.

Als die Schatten der Berge schon den halben See bedeckten, mahnten die Ritter zum Aufbruch. Die Brüder wollten aber noch nicht voneinander lassen. So wurde beschlossen, die Begleiter sollten allein zum Schloss zurück reiten. Der Erstgeborene aber - und der alte Diener - wollten in der Sägemühle bleiben für eine Nacht.

Am morgigen Tag würden alle sieben Brüder gemeinsam zu ihrem Vater reiten.

Die Kunde, welche die heimgekehrten Ritter ins Fürstenschloss trugen, verbreitete sich schneller als ein Feuer im starken Wind. Noch bevor der Fürst unterrichtet wurde, tuschelte alles Volk über das un-

---

[44] Leben

glaubliche Geschehen. Sechs junge Männer, die dem Sohn des Fürsten aufs Haar glichen, man könne es fast nicht glauben. Allein durch die Kleidung habe man noch erkannt, welcher der Sohn des Fürsten sei.

Gleich nachdem die Huftritte die Rückkehr des Jagdtrupps vermeldet hatten, war der Fürst zu seinem Thron gewankt. Von diesem erhöhten Platz aus wollte er den Sohn zurechtweisen; wollte ihn anklagen, zum wiederholten Male ausgeritten zu sein, ohne vorher um Erlaubnis gefragt zu haben. Damit sollte jetzt für allemal Schluss sein.

Als aber, an Stelle des erwarteten Sohnes, der Hauptmann der Rittersleute den Thronsaal betrat, brüllte der angetrunkene Fürst ihn an:

„Ist mein Sohn zu feige? Fürchtet er sich, hier durch den Saal zu humpeln? Schafft ihn mir herbei! Auf der Stelle!"

Wie viele Verbeugungen der Hauptmann machen musste, bevor es ihm gelang, das erste Wort auszusprechen, wusste er selbst nicht mehr. Der Fürst hörte ihm in seiner Wut überhaupt nicht zu. Immer wieder schrie er:

„Schafft mir den Hinkefuß herbei! Schafft ihn mir herbei!"

Es dauerte lange, bis der Fürst zu begreifen begann, was geschehen war. Da wandelte sich seine Wut in eine große

Angst. Dem Hauptmann gab er das Zeichen, er solle ihn allein lassen. Erstarrt saß der Fürst auf seinem Thron. Wie eine Gebetsmühle murmelte er vor sich hin:

„Sie leben ... sie leben noch ... sie leben."

Die ganze Nacht wagte sich niemand zu ihm. Nur eine Dienerin schlich ab und an in den Saal und füllte den Humpen mit Bier.

Als die Sonne schon hoch am Himmel stand, hob der Fürst erstmals den Kopf. Vom Hof her klangen Pferdehufe an sein Ohr. Vorsichtig schlich er zum Fenster und blickte hinab auf die eintreffenden Reiter. Sieben junge Männer, einer dem anderen gleich, stiegen von den Pferden, lachten und lagen sich in den Armen. Sie waren wirklich nicht voneinander zu unterscheiden. Nur den Erstgeborenen erkannte er, nachdem sie von den Pferden gestiegen waren, an seinem humpelnden Gang.

Zitternd vor Angst trat der Fürst vom Fenster zurück.

Die ganze Nacht hatte er überlegt, was er seinen Söhnen sagen solle. Er wusste es noch immer nicht. So schlich er am Thron vorbei aus dem Saal, stieg die Wendeltreppe hinauf auf den Söller. In seiner Verzweifelung hoffte er, die frische Luft würde ihn aus einem bösen Traum aufwecken. Das Gegenteil geschah. In seinem Kopf tobten die wilden Geister. Bald wusste er nicht mehr wo vorn war, oder hinten. Wo oben, wo unten.

Dann hörte er Männerschritte aus dem Treppenschacht. Sie waren so kräftig, sie ließen den Turmmauern vibrieren.

Den Fürst packte das Grauen.

Bebend ging er rückwärts, bis er die Mauer in seinem Rücken fühlte. Sein Blick hing gebannt am Türknauf ... der sich plötzlich bewegte.

In seiner großen Furcht lehnte sich der Fürst so weit zurück, dass er das Gleichgewicht verlor und vom hohen Söller in die tiefe Felsenschlucht stürzte.

Die wundersame Kunde von sieben stolzen Fürstensöhnen, die einander glichen wie eine Forelle der anderen, verbreitete sich schnell über die Lande. Von weit her kamen Boten gereist, welche die Töchter ihrer Fürsten und Grafen in höchsten Tönen lobten und zum Besuch in die jeweiligen Schlösser luden. Die Brüder freuten sich über diese Einladungen.

Zuerst aber wurden sie sich einig: der Älteste soll den Fürstenthron für immer behalten.

Darüber hinaus beschlossen sie einmütig:

Der alte Diener, der sie nicht in den See geworfen hatte, wurde seines, dem

Fürsten gegebenen Eids feierlich entbunden.

Dem Mann und seiner Frau, in deren Obhut sie wohlbehütet aufwachsen durften, wurde aus großer Dankbarkeit eine fürstliche Leibrente zugesichert, obwohl sie wussten: auch der höchste Geldbetrag konnte nicht ausgleichen, was diese armen Menschen Gutes an ihnen getan hatten.

***

Der treue Knappe.

Es war einmal ein schlesischer Graf, dem gebar seine Frau, nach mehreren Mädchen, endlich einen Sohn. Einer alten Familientradition gemäß wurde er auf den Namen Hans getauft. Wohlbehütet wuchs der Junge im Kreis seiner Schwestern auf. Als er aber zum Jüngling heranreifte, fürchtete der Vater, die Erziehung könnte zu weibisch ausfallen, angesichts der vielen Töchter, die um ihren Bruder herumschwirrten wie Schmetterlinge um eine besonders edle Blüte.

Untertänigst fragte der Graf deshalb beim König Bolko in Bolkenhain an, ob Hans am Königshof in Obhut genommen würde, um ihn dort in allen Kampfesweisen auszubilden.

Für König Bolko traf sich das gerade gut. Neben seinen Töchtern besaß er einen einzigen Sohn, Prinz Egon. Der war etwa gleichaltrig zu Hans.

So wurde Hans als Knappe des jungen Prinzen in Dienst genommen. Ob Pfeil und Bogen, Schwert, Degen oder Speer, täglich wurde geübt. Bald stellte sich seine Überlegenheit in allen Bereichen heraus. Ob Hieb- oder Stichwaffe, der Knappe konnte, wenn er nur gewollt hätte, den Prinzen jederzeit besiegen. So manches Mal, wenn sein Schwert schon zum Finalhieb bereit war, stolperte er absichtlich über eine Wurzel oder einen Stein und ließ sich zu Boden fallen. Rangmäßig stand es ihm nicht zu, einen Königssohn zu besiegen. Zudem waren die beiden Jungmänner inzwischen gute Freunde geworden. Doch trotz dieser Nähe brodelte in Hans oft ein Gefühl der Ungerechtigkeit. Immer wieder fragte er sich:

„Warum kann ich, der stärker, geschickter und auch schlauer ist, den Thron nicht besteigen? Warum wurde ich nicht als Königssohn geboren?"

Wenn ihm aber am Abend, nach bestandenen Abenteuern, der Prinz in die Augen blickte und seine Dankbarkeit spüren ließ, waren alle unguten Gedanken schnell wieder verflogen.

Eines Tages kamen Klagen der Bauern ins Schloss.

Ein Rudel Wildschweine verwüste ihre Äcker und zerstöre die Ernte. Schlimmer noch, der gewaltige Keiler greife sogar die Menschen an. Weglaufen sei keine Hilfe, nur nahe Bäume seien die Retter in letzter Not.

Das kam dem alten König gerade recht. Im Stillen dachte er schon lange an den Tag, an dem er die Herrschaft an seinen Sohn weitergeben wollte. Nun könne er den Untertanen beweisen, welch guter Beschützer Prinz Egon für sie in Zukunft sein werde.

So gab er dem Prinzen den Auftrag, in die Wälder zu reiten und dem gefürchteten Eber den Garaus zu machen.

„Nimm so viele Soldaten mit, wie du willst", sagte der König zu seinem Sohn. „Töte dieses Scheusal, bevor einer meiner Bauern zu Schaden kommt."

„Das will ich gern tun, Vater. Doch gestattet mir gnädigst, meinen Knappen, den Grafensohn Hans, mitzunehmen. Er soll es sein, der Zeugnis ablegt von dem, was geschehen wird. Soldaten benötige ich dazu nicht."

Der König hörte diese Worte mit Stolz und stimmte dem zu, mahnte aber, die Hunde nicht zu vergessen.

So ritten der Königssohn und sein Knappe nebeneinander hinaus in die Wälder, um dieses gefährliche Tier, vor dem sich die Bauern fürchteten, zu suchen.

Vom hohen Schlossturm winkte die königliche Familie den Davonreitenden nach. Während es Prinzessin Friederike gefiel, wie stolz die beiden jungen Männer nebeneinander der Gefahr entgegen ritten, missbilligte die Königin diese Nähe.

„Ein Knappe hat eine Pferdelänge hinter seinem Herrn zu reiten", monierte sie und blickte ihren Ehegemahl an, damit er ihr Recht gebe. Der schüttelte aber nur den Kopf. Ihn quälte der Gedanke, ob es nicht besser wäre, wenn schon keine Soldaten, dann einige seiner Jäger mitzuschicken.

Der Königssohn und sein Knappe waren noch keine Stunde geritten, da sahen sie schon die ersten zerfurchten Felder.

„Jetzt am Tage werden sich die Wildschweine in den Wäldern aufhalten. Lasst uns dort nach ihnen suchen, mein Prinz."

„Ich will deinem Rat folgen, lieber Hans. Aber lass' Vorsicht walten. Ich habe keine Lust, mein junges Leben wegen einer Wildsau zu verlieren."

Der Grafensohn kannte die Zaghaftigkeit seines königlichen Freundes. Deshalb ritt er vor ihm her, tief in den dunklen Wald hinein. Es dauerte auch gar nicht lange, da hatten die Hunde den Geruch der Schweine in der Nase. Laut bellend hetzten sie davon. Für die Pferde war es schwer, zwischen den dichten Baumstämmen einen Weg zu finden. Indes hatten die Hunde den Keiler vor einer hohen Felswand gestellt. Die Rotte schien durch einen engen Spalt geflüchtet zu sein. Dem mächtigen Körper des Ebers war aber der Durchschlupf unmöglich. Trotzig stellte er sich gegen die Hunde, die ihm aber mutig die Flucht nach vorn verwehrten.

Als Prinz Egon die mächtigen Hauer im weit aufgerissenen Maul sah, dirigierte er sein Pferd um einige Längen zurück. Der mutige Knappe dagegen griff nach seiner

Lanze, hob sie hoch über seinen Kopf, bereit, sie dem mächtigen Tier ins Herz zu stoßen. Doch dann zögerte er und wandte sich an den Königssohn.

„Prinz Egon, bitte leiht mir eure Lanze. Sie besitzt einen Schaft aus kräftigerem Holz als die meine, und eine Spitze aus härterem Stahl. Sie wird leichter durch das Fell dieses Ungetüms dringen."

Bereitwillig tauschte der Königssohn - und so war es die Lanze des Prinzen, die Hans ins Herz des Ebers jagte. Bewusst ließ er sie stecken. Erst als das erlegte Tier ausgeblutet war und kein Lebenszeichen mehr von sich gab, ritt der Prinz nahe heran, stieg vom Pferd und umarmte seinen Freund.

„Dir, mein lieber Hans, gehört der Dank des Königs und des ganzes Volkes."

Der treue Knappe löste sich aus der Umarmung und trat einen Schritt zurück.

„War es nicht eure Lanze, die das Ungeheuer tötete?"

Da verstand der Prinz, was Hans ihm mit diesen Worten sagen wollte. Mit festem Griff umfasste er den Unterarm des Freundes und blickte ihm dankbar in die Augen.

Aus zwei biegsamen Fichtenstämmen bauten sie eine Trage und banden ihre Beute darauf fest. Eng nebeneinander mussten die beiden Pferde gehen, um die schwere Beute hinter sich her zu ziehen. Gemächlichen Schritts machten sie sich so auf den Heimweg.

Die Hunde waren die ersten, welche die siegreiche Heimkehr verkündeten. Während das Volk laut jubelnd am Wegrand stand, wartete die königliche Familie auf der Schlosstreppe.

Als der Prinz und sein Knappe den toten Eber in den Schlosshof brachten, fiel des Königs Blick zuerst auf die Lanze. Voller Stolz sah er, dass sie die Insignien des Prinzen trug. Wie eine Siegesstandarte ragte sie aus dem gewaltigen Körper des erlegten Tieres. Der Königin dagegen missfiel erneut, wie nahe der Knappe neben ihrem Sohn ritt.

Hochrufe auf den Königssohn hallten durchs ganze Land. In allen Dörfern wurde die Heldentat des Prinzen gefeiert. Ebenso erfreute alle der königliche Erlass, der sogleich ausgegeben wurde:

*Jeder,
der fortan ein Wildschwein tötet,
darf es für sich und seine Familie
behalten!*

Von dem Tag an waren alle Bauern, Männer, Frauen und Kinder, dem Königshaus noch mehr zugetan, als je zuvor. Kam einer in die Nähe des Schlosses, zog er ein Tuch aus der Tasche und winkte einen fröhlichen Gruß hinauf zu den Fenstern, gleich, ob jemand von der königlichen Familie zu sehen war oder nicht.

Hans ersuchte dagegen um Freistellung vom Knappendienst.

Ihn zog es zurück in seine Heimat. Ob der Prinz froh darüber war oder es bedauerte, war beim Abschied an seinem Gesicht nicht zu erkennen.

Die Kunde von der Heldentat des Königssohns war natürlich auch im Schloss des Grafen angekommen. So wurde Hans nach seiner Heimkehr befragt, ob er bei dieser gefährlichen Jagd dabei gewesen sei; ob er sich beim Anblick des wilden Ebers gefürchtet habe. Lächeln wehrte er alle neugierigen Fragen ab. Erst am späten Abend bat er seinen Vater, mit ihm allein sein zu dürfen.

„Ihr, verehrter Vater, sollt nicht denken, ein Petzer stehe vor Euch", begann er das Gespräch. „Allein um Euren Rat erbitt' ich. Es ist Wirres geschehen."

Zuerst erzählte Hans von seiner Treue zum König und seiner Freundschaft mit Prinz Egon. Auch seinen manchmal aufquellenden Neid verschwieg er nicht. Dann berichtete er dem Vater, was an jenem Tag wirklich geschehen war.

„Was soll ich nur tun, Vater?"

Einen Moment dachte der Graf nach, bevor er antwortete.

„War es des Prinzen Lanze, die den tödlichen Stich setzte? Steckte sie im Herz des Tieres, als ihr in den Schlosshof eingezogen seid? Wäre es nicht an ihm gewesen, sie herauszuziehen?"

Hans schwieg lange.

„So wollt Ihr mir sagen: Die Treue verlangt mein Schweigen?"

„Glaub mir, mein Sohn: Nicht durch Hinterlist, sondern durch Treue gewinnt man auf Dauer ein Königreich."

Was lange Jahre nicht mehr geschehen war, geschah. Der Vater zog den

Sohn an seine Brust, und der Sohn fühlte sich an ihr geborgen.

Die Wildschweinjagd war aber nicht ohne Zeugen geblieben.

An jenem Tag hatte ein Bauer seinen zehnjährigen Sohn Gernot in den Wald geschickt, er sollte nach einem verlorenen Schaf suchen. Als nach langem Suchen plötzlich die Hunde des Königs laut bellend nahe an ihm vorbeihetzten, war er voller Angst auf einen Baum geklettert. Von hoch oben hatte er alles beobachten können. Er hatte genau gesehen, wer die Lanze dem gewaltigen Wildschwein ins Herz stieß. Und auch, wie sich der Königssohn hinterher bei seinem Knappen bedankte. Erst lange, nachdem die beiden Männer mit der erlegten Beute abgezogen waren, hatte er sich getraut, vom Baum herabzusteigen. Schnell war er nach Hause geeilt, um alles, was er gesehen hatte, dem Vater zu erzählen. Als der aber den Jungen ohne Schaf aus dem Wald kommen sah, hatte er seine kräftige Hand hoch in die Luft erhoben, als wollte er ihm schon von weitem Schläge androhen. Gernot wusste, wie kraftvoll der Vater zuschlagen konnte. So machte er auf der Stelle kehrt und setzte die Suche fort.

Als er am übernächsten Tag mit dem wiedergefundenen Schaf zurückkehrte, tönten in der häusliche Stube schon die

Lobgesänge auf den tapferen Königssohn. Weil der König auch verfügt hatte, jeder Bauer, der ein Wildschwein erlegt, dürfe es von nun an für sich behalten, fanden die anerkennenden Worte des Vaters über den Mut und die Güte der Königsfamilie kein Ende. Da war es nur verständlich, dass sich der zehnjährige Gernot nicht traute, das, was er mit eigenen Augen gesehen hatte, dem Vater zu schildern. Überhaupt drängte es ihn schon lange, dem strengen Familienoberhaupt zu entkommen.

So nahm er am anderen Tag allen Mut zusammen und erklärte, er wolle zum Schloss gehen und dort um eine Anstellung bitten. Dem Vater war es nur recht, einen Esser weniger versorgen zu müssen.

Bei der fröhlichen Stimmung, die noch immer am Königshof herrschte, wurde Gernot angestellt und den Schweinehirten zugeteilt.

Der Oberschweinehirt wies ihn genau in seine Aufgaben ein.

„Nu, pass' amol uff. Zwee Dinge musste besunders beachten, manchmal sogar dreie. Erschtens missa die Schweine am Amd[45] vullgefressen sein; zweetens düfften se uff keenen Fall die Äcker der Pau-

---

[45] Abend

ern verwiesten. Hoast du doas verstanden?"

Gernot nickte mit dem Kopf und fragte, was noch als drittes hinzukäme.

„Nu ja, nu. Wildschweine gibt's hier ei der Nähe vum Schlosse ooch. Besunders die grußa Keiler nähern sich manchmol unseren Sauen und versucha se wegzulocken. Die sein goar wie wild uff insere Sauen. Hüt dich blußig vor ihra grußen Hauer, oaber trotzdem derfste keene Angst nich hoan. Uffpassen musste, doass insere Schweine nich mit eener Wildsau abhaun tun."

Der neue Schweinehirte versprach, alles zu tun, was von ihm verlangt wurde.

Inzwischen war Hans ins Königsschloss zurückgekehrt.

Prinz Egon freute sich, seinen Knappen wieder an seiner Seite zu wissen. Mit tausend freundlichen Worten begrüßte er ihn, fragte nach dem Wohlergehen der gräflichen Familie - aber das, was damals im Wald geschah, wurde mit keinem einzigen Wort erwähnt.

Zur Belohnung für das treue Schweigen erbat der Prinz vom König eine neue Sitzordnung an der Tafel. Hans sollte fortan immer zwischen ihm und Prinzessin Friederike sitzen dürfen. Für Prinzessin Friederike war es eine Freude, empfand sie doch schon lange eine große Zuneigung zu dem Grafensohn.

Als aber die Königin davon erfuhr, erhob sie heftigen Protest. Der König, dessen Herz immer unregelmäßiger schlug, wollte aber seinem tapferen Sohn diese Bitte nicht abschlagen. Bald würde er es ja sein, der die Krone trägt und selbst bestimmen kann, wer neben ihm sitzt.

Der neue Schweinehirt wurde im Kreis seiner Gleichgestellten gut aufgenommen. Pflichtbewusst erfüllte er jede Aufgabe, die ihm übertragen wurde. Waren die Schweine eifrig mit der Suche nach Eicheln beschäftigt, vertrieben sich die Hirten ihre Zeit mit kindlichen Spielen. Am liebsten ahmten sie die Szene nach, in welcher der Kronprinz den riesigen Wildschweineber erlegt hatte. Allein Streit gab es immer darüber, wer Prinz sein durfte. Den Knappen wollte keiner spielen, war der doch nicht mutig genug gewesen, gegen das Ungeheuer zu kämpfen. Wer nicht den tapferen Prinzen darstellen durfte, übernahm lieber die Rolle des mächtigen Ebers, als die des feigen Hans.

Als Gernot zum ersten Mal an dem Spiel teilnehmen durfte, drängte er darauf, den Knappen mimen zu dürfen.

„Doa spiel ich doch lieber eene Wildsau, als den Feigling", riefen mehrere gleichzeitig und hockten sich auf den Boden und begannen zu grunzen, obwohl noch gar nicht entschieden war, wer den starken Keiler, wer Bache oder Frischling darstellen sollte.

„Weil ihrs nich wissen tutt, wie's werklich gewaast ies", verteidigte Gernot seinen Wunsch. „Es woar ja goarnicht der Sohn vum Keenig, der den Eber tuut gestochen hoat. Der Knappe, der Hans ies es geween."[46]

„Du bist doch bleed ...", rief einer, und ein anderer: „Du kummst aussem tiefsten Wald, du weeßt doch goarnich, woas doamals passiert ies."

„Ich hoabs doch gesahn!"

Gernot reckte seine rechte Hand in die Höhe.

„Von huch uben, vom Baume runder hoab ich's genau gesahn. Mit meinen eigenen Augen hoab' ich's gesahn!"

Mit hastigen, sich immer wiedeholenden Worten schilderte er seine Flucht vor den Hunden, doch die anderen Burschen glaubten ihm nicht und hielten dagegen.

„Mir olle hoan mit inseren Augen gesahn, doass die Lanze vun inserem Prinzen Egon eim Herzen vun der Sau gesteckt hoat."

„Weil der Knappe die Lanze vum Kronprinzen genumma hoat. Die woar spitzer als die seine. Und weil der Holzstiel ooch viel härter war, und länger."

---

[46] gewesen

Oh weh. Nun begann ein wildes Hin und Her.

Es dauerte auch gar nicht lange, da wurden dem ‚elenden Lügner' Schläge angedroht. Gottlob ertönte in diesem Moment der Pfiff des Oberhirten. Mehrere Schweine waren dabei, aus dem Wald hinaus auf die Felder der Bauern zu wechseln und mussten zurück in den Wald gejagt werden.

Am Abend, nachdem alle Schweine wieder in den Ställen eingesperrt waren, flammte der alte Streit zwischen den Hirten wieder auf. Er wurde sogar so laut, auch die Knechte und Mägde konnten die giftigen Worte hören. Gernot hatte einen schweren Stand. Um einer Tracht Prügel zu entgehen, war er aber letztendlich bereit, bei Gott zu schwören, es sei alles so gewesen, wie er es geschildert habe.

Wer aber ein so hohes Pfand einsetzt, landet unausweichlich vor dem König. In die Erde hätte er versinken mögen, der kleine Gernot, als er zum ersten Mal in seinem Leben die goldene Krone sah. Weil er aber keine Lüge verbreitete, wagte er es, seinen Kopf hoch zu halten. Mit fester Stimme schilderte er dem König ganz genau, was er vom hohen Baum gesehen hatte.

Zum Dank wollte ihm der König ein Geldstück schenken, fand aber keines in seinen Taschen, so sehr er auch danach suchte.

Natürlich hatte die Königin das Gespräch belauscht. Kaum war der Junge gegangen, drang sie auf ihren Gemahl ein, er möge nicht nur diesen kleinen Lügner, sondern auch gleich den Knappen ins Verließ werfen lassen.

„Er wird diesen Tölpel dazu gebracht haben, unseren Sohn zu verleugnen", rief sie empört und wagte es sogar, mit beiden Händen am Thron zu rütteln. „Diese Abkömmlinge der unteren Schichten haben großes Geschick darin, Vertretern des Hochadels die Ehre abzuschneiden. Bestrafe diesen Hans, diesen Bastard, ohne Gnade."

Der König griff sich ans Herz und atmete schwer. Er brauchte eine Weile, bis er zur Glocke griff. Dem eintretenden Hofmarschall befahl er, die Königin in ihre Gemächer zu führen und danach seinen Sohn, Prinz Egon, herbeizuschaffen.

Freudig sprang Prinz Egon mit federnden Schritten in den Thronsaal, hoffend, von seinem Vater einen neuen Auftrag zu erhalten, der ihm neue Ehren einbringen würde. Doch der König mahnte ihn, den gebührlichen Abstand zu wahren.

„Mir kam zu Ohren, dein Knappe Hans sei es gewesen, der den riesigen Eber erlegt hat. Er tat es mit deiner Lanze. Und du hast dich feiern lassen als der große Sieger."

Für einen Moment war es dem Prinzen, als öffne sich unter ihm der Boden. Auf keinen Fall durfte er seinen Vater belügen. So versuchte er es mit einer Gegenfrage.

„Wer sagt so etwas?"

Bei diesen Worten zitterte aber seine Stimme. Daran erkannte der König sofort die Richtigkeit der Aussagen des Knaben. Mit beiden Händen fasste er nach seinem Herz.

„So ist es also wahr. Ein Schweinehirt überführt meinen Sohn der Feigheit und der Hinterlist. Oh, mein Gott ..."

Das waren seine letzten Worte.

Die Hände des unglücklichen Vaters umkrampften die Lehne des Throns, sein Kopf fiel auf die Brust – dann erlosch das Lebenslicht des Königs.

Bevor der Königssohn begriffen hatte, was geschehen war, trat die Königin hinter einem Vorhang hervor.

Schnellen Schritts ging sie zum Thron, hob die Krone vom Kopf des Sterbenden und drückte sie ihrem Sohn aufs Haupt. Mit der Glocke rief sie den Hofmarschall und gab ihm die Order, sofort den gesamten Hofstaat zusammenzurufen.

Kaum hatte sich der Raum gefüllt, rief sie mit lauter Stimme:

„Der König ist tot – es lebe der König!"

Die Menge verharrte jedoch still, kein Jubelruf war zu hören. Indes eilte Prinzessin Friederike zum Thron, kniete dort nieder und küsste die welke Hand des Vaters.

Die Augen des jungen Königs suchten nach seinem Knappen. Als er ihn endlich gefunden hatte, erhob er seine Hand und winkte ihn zu sich. Wie zur Totenwache stellten sie sich neben den Thron. Dann erhob der Gekrönte seine Hand.

„Ihr alle sollt wissen: Ich bin es gewesen, der dem Vater das Herz brach. Darum bin ich nicht wert, diese Krone zu tragen. Schon morgen werde ich in ein Kloster eintreten – und Ihr, Frau Mutter, werdet gleiches tun. Das ist der einzige königliche Befehl, den ich erteile."

Danach nahm er mit beiden Händen das Zeichen der Macht von seinem Kopf, ging hinüber zu seiner Schwester, hob sie vom Boden auf und krönte sie.

„Friederike soll eure Königin sein. Und wenn sie klug ist, wird sie den tapferen und treuen Hans zu ihrem Mann nehmen."

Und so geschah es dann auch.

Schon am nächsten Tag verließen zwei Kutschen mit verhängten Fenstern den Schlosshof, ohne Schmuck und ohne großes Gepäck.

Drei Tage nach der Beisetzung des alten Königs vermählte sich Friederike mit Hans und verlieh ihm damit die Königsehre. So erfüllte sich der Leitspruch, den der alte Graf seinem Sohn mit auf den Weg geben hatte,

„Nicht durch Hinterlist, sondern durch Treue gewinnt man auf Dauer ein Königreich."

***

Rübezahls Zorn

In einem der vielen Täler unter der Schneekoppe stand in früheren Zeiten ein Schloss, dessen Grundmauern noch heute zu sehen sind.

Der König, der dort wohnte, besaß zwei Töchter, die waren aber sehr verschieden. Die Älteste liebte die Jagd und nahm es dabei sogar mit Bären und Wölfen auf. Schon viele Pferde brachen ihre Beine, weil die Prinzessin sie im wilden Galopp über Felsengestein trieb, über umgestürzte Bäume und durch wilde Gebirgsbäche. Die jüngere der beiden Schwestern war dagegen zart und einfühlsam. Ihre Liebe gehörte den Blumen und den wilden Kräutern in den Bergwäldern, die sie alle kannte und deren Heilkraft sie zu nutzen wusste.

So unterschiedlich die beiden Schwestern auch sein mochten, der König liebte seine Töchter gleichermaßen. Den erhofften Sohn als Erbe des Königreichs hatte ihm seine Gemahlin nicht mehr geschenkt, denn sie war früh verstorben. Als der König eines Tages spürte, dass auch sein Leben dem Ende zuging, rief er seine Töchter zu sich.

„All die Jahre bin ich euch ein gerechter Vater gewesen. Immer und alle Zeit habe ich euch geliebt, die eine wie die andere. Einen männlichen Spross habe ich nicht, deshalb sollt ihr nach meinem Tod mein Königreich erben, zu gleichen Teilen."

Während die Jüngere zum Vater eilte, ihm die Tränen zu trocknen, missfielen der Erstgeborenen die Worte des Vaters. Zu gern wäre sie alleinige Herrscherin geworden, fühlte sie sich doch mannhaft genug ein Königreich zu führen.

Enttäuscht sprang sie aufs Pferd, jagte in wildem Ritt kreuz und quer durch die Wälder und schmiedete dabei einen finsteren Plan.

Gleich nach ihrer Rückkehr bat sie ihre Schwester abseits in den Garten.

„Schwesterlein", sagte sie heuchlerisch, „es wird nicht gut sein, wenn wir beide hier im Schloss bleiben. Unsere späteren Ehegatten, die wir einmal heiraten werden, oder gar unsere Kinder, sie könnten sich nicht so gut miteinander vertragen wie wir beide es immer getan haben. Ich habe mich deshalb entschlossen, von hier wegzugehen. Weit hinauf in den Norden will ich reiten, um mir dort ein neues Nest zu bauen. Es wird eine lange und gefährliche Reise sein, deshalb bitt ich dich, liebe Schwester, suche mir alle Kräuter, die du kennst. Lege sie in einen Korb und obenauf einen Zettel, auf dem geschrieben steht, bei welcher Krankheit welches Kraut anzuwenden ist."

„Lieb Schwesterlein", antwortete die Jüngere, „bitte überleg es dir noch einmal, ob du wirklich von hier fortgehen willst. Ist dein Entschluss aber unumstößlich, so wird es mir eine Freude sein, für dich die besten Kräuter zu suchen und sie dir wohlgeordnet auf die weite Reise mitzugeben."

Nachdem die Ältere noch einmal versicherte, unbedingt gen Norden ziehen zu wollen, nahm die Jüngere ihren Kräuterkorb und eilte in den Wald. Der Großherzigkeit ihrer Schwester fühlte sie sich verpflichtet und wollte ihr die allerbesten und heilsamsten Kräuter mitgeben, die in den Wäldern und auf den Hängen des Riesengebirges wuchsen. Manchen Gebirgsbach musste sie überqueren, über hohes Felsgestein klettern, denn einige der besonders wirksamen Heilpflanzen waren nur weit oben im Steilhang zu finden.

Vom hohen Schlossturm blickte die Ältere ihrer jungen Schwester nach. Kaum hatte sie deren Weg ergründet, schob sie heimlich Pfeil und Bogen unter ihr Schultertuch und machte sich auf den Weg.
Dank ihrer guten Kletterkünste holte sie ihre Schwester bald ein. Versteckt hinter einem Baum blieb sie lauernd stehen und legte vorsichtig den Pfeil auf den Bogen. Sie war eine gute Bogenschützin, die auch

aus größerer Entfernung jedes Ziel treffen konnte. Während die jüngere Schwester am Waldboden niederkniete, um ein seltenes und besonders wirksames Heilkraut zu pflücken, spannte die Ältere die Sehne des Bogens weit aus ... und schoss.

Im gleichen Moment hallte ein lauter Schrei durch das Tal.
Eine zottelige Gestalt trat hinter einem Fels hervor, streckte blitzschnell seinen Arm aus und ergriff den heran fliegenden Pfeil mitten im Flug.
Erschrocken fassten sich beide Mädchen an ihr Herz. Sie wussten, wer so urplötzlich zwischen ihnen stand. Es war der Berggeist, dessen Namen man nicht laut

aussprechen durfte. Noch immer hielt er den abgefangenen Pfeil in seiner geballten Faust.

Rübezahls Gesicht war vom Zorn gerötet, aus seinen Augen zuckten grelle Blitze. Der Herr der Berge war nie ein Freund langer Worte gewesen - und so griff er wortlos mit seiner freien Hand nach der älteren Schwester, verwandelte sie in eine Wildgans und warf sie hoch in die Lüfte, mitten hinein in einen großen Schwarm grauer Gänse, der gerade in diesem Moment gen Norden flogen.

„Nahmt se ock mitt[47] – sie will huch uba eim Norden ihr Naast[48] baun!", rief er den Vögeln zu und lachte dabei so laut, dass es weit ins Land hinaus schallte.

Dann nahm der Berggeist die Gestalt eines braven Wandermönchs an, half der jüngeren der Königstöchter vom Waldboden auf und führte sie behutsam zurück ins Schloss.

Zum Beweis, für das, was geschehen war, legte der Berggeist wortlos Pfeil und Bogen vor den König. Dann verbeugte er sich mit einer galanten Geste und verschwand.

---

[47] Nehmt sie mit
[48] Nest

So wurde die jüngere der beiden Schwestern die alleinige Herrscherin über das Königreich unter der Schneekoppe. Sie eiferte in allem ihrem Vater nach, war gerecht und freundlich zu jedermann.

Es dauerte auch gar nicht lange, da kam aus dem Böhmischen ein Prinz, der ihr Gemahl wurde.

Jedem Kind, das die Königin gebar, wurde ein eigenes Schloss gebaut – und wer wissen möchte, wie vielen Nachkommen sie das Leben schenkte, der mag ins weite Tal unter der Schneekoppe reisen und die Schlösser zählen, die heute noch in großer Zahl dort zu sehen sind.

***

Hans-Manfred Milde wurde im schlesischen Waldenburg geboren.

In seiner Reihe *„Erzählungen aus Schlesien"* weckt er Erinnerungen an alte Zeiten. Er lässt (wohl als letzter Autor) die Menschen in ihrem schlesischen Dialekt *„labern und pauern, wie ihna derr Schnoabel gewachsa ies"*.

Näheres über den Autor unter:
www.hamami.de